JN056515

Lv 2から
Chillin Different World Life
of the EX-Brave Candidate was Cheat
from Lv 2
チートだった元勇者候補の
まったり異世界ライフ18
Miya Kinojo
鬼ノ城ミヤ
Illustrations by 片桐

Name
バリロッサ
∞
Name
リース
∞

Name
ベラノ
∞
Name
ウリミナス
∞

「あぁん！　この魔力……いいわぁ！
もうさいっこう！
もっとよぉ……
もっとちょうだぁい！」
Name
ヴァランタイン
∞
Name
金髪勇者
∞
Name
ツーヤ
∞

Level 2

ATK
DEF……∞
AGI……∞
MP……∞
HP……∞

Chill in Different World Life of the EX-Brave Candidate was Cheat from Lv2

Lv2からチートだった元勇者候補のまったり異世界ライフ18

著 鬼ノ城ミヤ　イラスト 片桐

Characters

Chillin Different World Life
of the EX-Brave Candidate was Cheat from Lv2

Chillin Different World Life of the EX-Brave Candidate was Cheat from Lv2

Characters

Chillin Different World Life
of the EX-Brave Candidate was Cheat from Lv2

Chillin Different World Life of the EX-Brave Candidate was Cheat from Lv

Characters

Chillin Different World Life
of the EX-Brave Candidate was Cheat from Lv2

Characters

Chillin Different World Life
of the EX-Brave Candidate was Cheat from Lv2

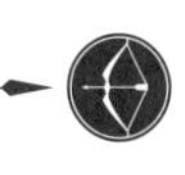

金髪勇者

勇者なのに魔法国から指名手配中。

ツーヤ

金髪勇者と共に逃避行中。
お財布の中身が心配。

ヴァランタイン

邪界十二神将の妖艶な魔人で
見た目に反して大食い。

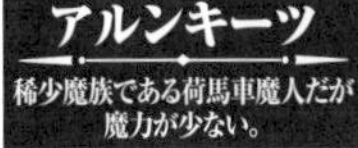

アルンキーツ

稀少魔族である荷馬車魔人だが
魔力が少ない。

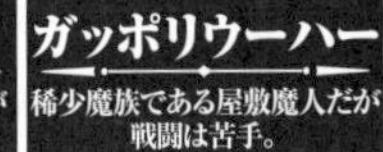

ガッポリウーハー

稀少魔族である屋敷魔人だが
戦闘は苦手。

ドクソン

ゴザルの弟にして
仲間想いな新魔王。

フフン

ドクソン側近のドMサキュバス。

ベリアンナ

口は悪いが妹想いの悪魔人族。

アイリステイル

ガリルの同級生で
ベリアンナの妹。

サリーナ

ガリルの同級生。
ガリルに気があるようで……?

闇王

元魔法国の国王にして
闇商会の会長。

Level 2～

ATK……∞
DEF……∞
AGI……∞
MP……∞
HP……∞

Chillin Different World Life of the EX-Brave Candidate was Cheat from Lv

Level 2～∞

Lv2からチートだった元勇者候補のまったり異世界ライフ 18

Contents

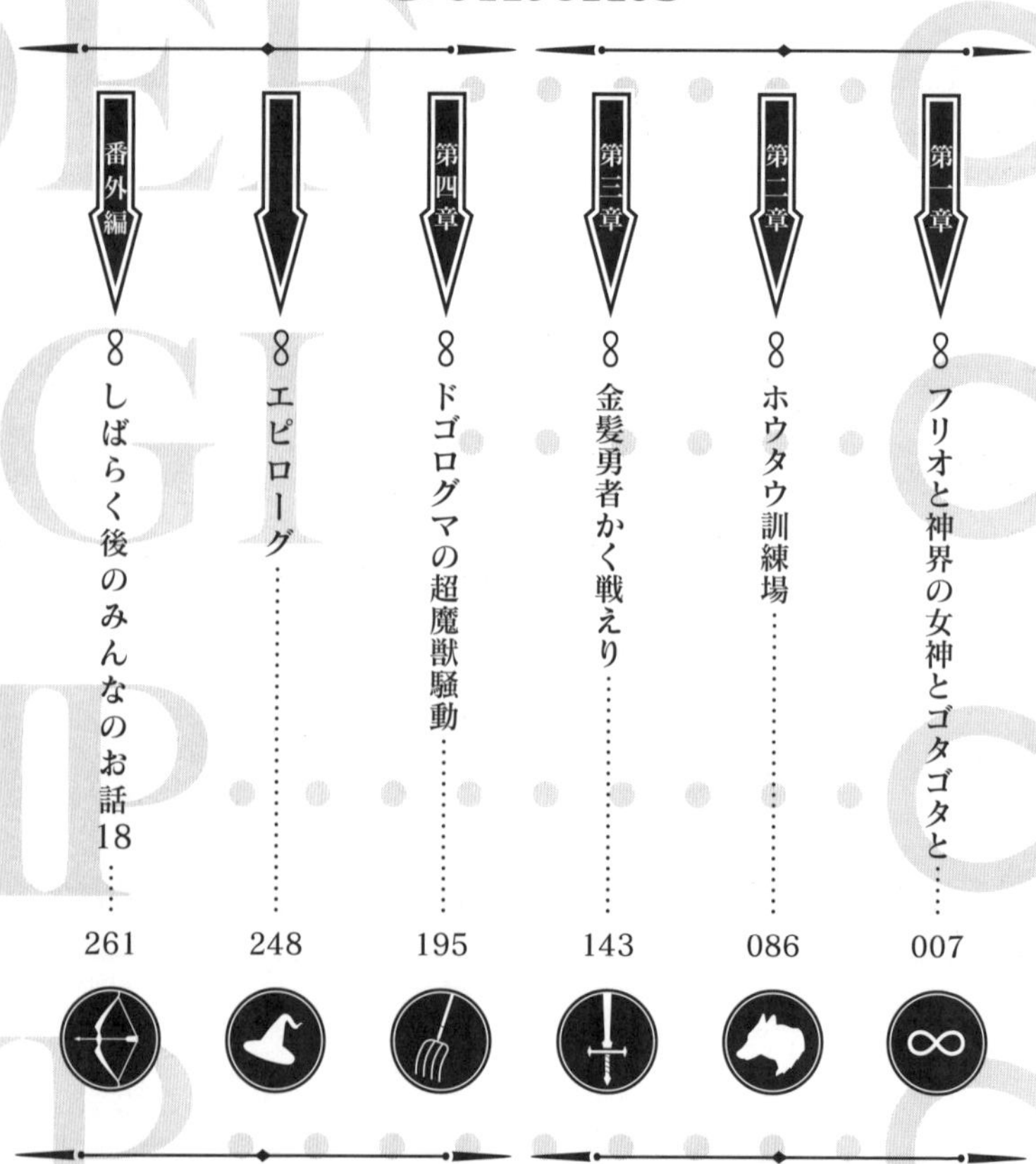

Chillin Different World Life of the EX-Brave Candidate was Cheat from Lv2

第一章 ∞……フリオと神界の女神とゴタゴタと…………8

クライロード世界――。

剣と魔法、数多の魔獣や亜人達が存在するこの世界では、人種属と魔族が五百年以上の長きにわたり争い続けていた。

そんな中、人種族最大国家であるクライロード魔法国と魔族の最大組織である魔王軍との間に休戦協定が結ばれ、それに伴い、広大な大陸から大きな戦乱は消え去り、人種族も魔族も、平和を歓迎し、両種族間の交流も活発に行われるようになりはじめていた。

人種族最大国家であるクライロード魔法国は、現最高権力者である姫女王を中心に、周辺国家との、対魔族で結ばれていた同盟関係を維持すべく尽力し続けていた。

魔族の中心である現魔王ドクソンは、すべての魔族を従わせるべく奔走してはいるものの、もともと『力こそ正義』との考えが強い魔族達の中には、人種族との間に結ばれている休戦協定をよしとしない声も聞こえはじめており……。

そんなクライロード球状世界を管轄している神界では、先日発生した防壁魔法の破損以降、いろいろと厄介事が続いているらしく……同時に、球状世界で発生した狂暴・凶悪な魔獣達を幽閉している地下世界ドゴログマにも、何かが起きているらしく……。

この物語は、そんな世界情勢の中ゆっくりと幕を開けていく……。

◇ホウタウの街・フリオ宅◇

朝。

山上からまだ日が姿を現しておらず、空はゆっくりと明るさを増している。

山麓から離れた場所にあるフリオ宅。

まだ日もあたっていないため、フリオ宅は徐々に明るさを増している空を背景に、その姿をいつものようにたたずませている。

その中の一室。

フリオとリースが二人で使用している部屋の中もいまだ薄暗いままだった。

そんな部屋の中。

ダブルベッドの上で横になっているフリオは、小さな寝息をたてていた。

――フリオ。


勇者候補としてこの世界に召喚された別の異世界の元商人。

召喚の際に受けた加護によりこの世界のすべての魔法とスキルを習得している。

今は元魔族のリースと結婚しフリース雑貨店の店長を務めている。一男二女の父。


しばし続く寝息。

程なくして、

「……うぅ……ん」

フリオが寝返りをうつ。

「……ん？」

その時、何か違和感を感じたのか、眉を動かし、ゆっくりと目を開ける。

その視界に、リースの顔が大写しになった。

寝起きのため、ぼーっとしたままリースの顔を見つめている。


――リース。

元魔王軍、牙狼族の女戦士。

フリオに破れた後、その妻としてともに歩むことを選択した。

フリオのことが好き過ぎる奥様でフリオ家みんなのお母さん。

一方、リースの目はぱっちりと開いており、優しい笑みを浮かべながらフリオをジッと見つめていた。

すると、フリオが目を覚ました事に気づいたリースが、

「おはようございます。旦那様」

聞こえるか聞こえないか程度の声で挨拶をした。

その顔を、寝起きのため、意識がはっきりしないまま見つめ返していたフリオだが、

「……う、うわぁ!? リ、リース!?」

ようやく覚醒し、びっくりした声をあげた。

そのまま飛び起きようとしたフリオだが、その左腕に重さを感じ、動きを止める。

フリオの左腕を、リースが腕枕として使用しており、そこからフリオの事を見つめていたのである。

(……そうだった、リースを腕枕して眠っていたんだっけ)

ようやく状況を理解したフリオは、一度息を吐き出すと、右腕でリースの頭を優しく撫でながら、

「おはよう、リース」

朝の挨拶を返していく。

その言葉に、リースがにっこりと微笑む。

横になったまま、フリオにすり寄っていくと、

「今朝も、しっかりと旦那様のお顔を堪能出来て、光栄ですわ」

フリオの胸に顔を埋め、すりすりと頬ずりをしていく。

嬉しさのあまり、具現化した牙狼の尻尾がふりふりと揺れていた。

「よ、喜んでもらえたのなら、よかった……」

フリオはリースの言葉に思わず苦笑する。

（……しっかりと堪能って……リースってば、いつから僕の事を見ていたんだろう……）

そんなフリオに、リースはにっこり笑顔を向けると、

「私は、これから朝食用の魔獣を狩ってまいりますので、旦那様はもう少しお休みくださいませ」

フリオの胸元に顔を寄せ、何度か頭をこすりつけた後、素早くベッドを後にした。

寝巻を脱ぎ去り、いつものワンピースへ着替えると、寝室に併設されているフリオとリースの私室へ通じているドアへ向かって駆け出していく。

「あ、リース」

そんなリースを呼び止めるフリオ。

「どうかなさいました？　旦那様」

怪訝（けげん）そうな表情を浮かべ、首をひねるリース。

そんなリースの視線の先で、フリオもまたベッドから降りていく。

「今日は僕も一緒に行くよ、リース」

「まぁ！」

フリオの言葉に、満面の笑みを浮かべる。

嬉しさのあまり、再び具現化した牙狼の尻尾が左右にブンブンと振られる。

しかし、一度大きく深呼吸し、唇を噛（か）みしめると、

「ぐぬぬぬぬ……ひ、ひっじょ～～～っに、嬉しい申し出でございます……が！　旦那様の体調の事を考えるとですね……」

リースは両手を握りしめながら、残念極まりないといった苦渋の声を漏らす。

「……その……だ、旦那様は、毎晩遅くまでお店の仕事として、帳簿の確認や商品開発などを行われていて、そのうえで……その、わ、私も可愛（かわい）がってくださっておりますので……そう、旦那様の体調にも配慮するのが、妻としてのですね……」

両手を握りしめたまま言葉を続ける。

そんなリースの様子にフリオが苦笑した。

魔法を展開し、寝巻からいつもの外出着に着替えると、

「僕の事を心配してくれて、ありがとうリース」

「そ、そんな……これくらい、妻として当然の事でございますわ、えぇ、妻として当然の……」

「今朝の僕は、体の調子もいいし、そんな素敵な奥さんと一緒に狩りに行きたいと思っているんだけど……ダメかな?」

リースの顔に、フリオがグッと顔を近づける。

自らの眼前にフリオの顔が迫り、リースがその顔を真っ赤にした。

「いいいいえ、その……だ、旦那様が大丈夫、と……い、一緒に……と、言ってくださるのでしたら……その……私としましても、嬉しいと申しますか……」

最初こそ独り言のようにごにょごにょと言葉を口にしていたリースだが、しばしの沈黙の後、

「わかりました! 旦那様がそこまで言ってくださるのでしたら、妻である私も反対するわけにはいきませんわ。では、早速まいりましょう、旦那様!」

フリオの腕に抱きつき、その腕を引っ張った。

そんなリースの様子に、フリオが笑みを浮かべる。

「ありがとうリース。一緒に狩りに行けて僕も嬉しいよ」

そんな会話を交わしながら、二人は廊下へと出て行く。

廊下は、一方が窓で、もう一方が住人達の部屋になっている。

各部屋には魔法防音と、魔法侵入遮断の処理がされているのだが……。

二人が廊下を歩いていると、前方にヒヤの姿があった。

――ヒヤ。

光と闇の根源を司る魔人。

この世界を滅ぼすことが可能なほどの魔力を有しているのだが、フリオに敗北して以降、フリオのことを『至高なる御方』と慕い、フリオ家に居候している。

「おはようヒヤ」

フリオが声をかけると、ヒヤは、

「これは至高なる御方。そして奥方様も、おはようございます」

胸の前に右手をあてながら、恭しく一礼する。

「ヒヤ、こんなに朝早くから何をしていたのです?」

「奥方様、いえ、朝の散歩……とでも申しましょうか……」

ヒヤが口元に右手をあて、笑い声をあげる。

その、どこか芝居がかった様子を前にして、リースは思わず眉間にシワを寄せた。

「……まさかとは思いますけど、誰かの部屋の扉が開いていて、そこから侵入したうえで、あわよくば夫婦の営みを覗き見することが出来ないか……なぁんてこと、考えていませんわよね？」

リースの言葉に、涼し気な笑みを浮かべたままのヒヤ。


三人の間に流れるしばしの沈黙……。


「ほほほ、奥方様、このヒヤ、そのような事など考えたこともございません」

口元を右手で押さえながら、静かに口を開く。

いつも開いているのかわからないほど細い目は、気のせいかそっぽを向いているように感じられた。

（……魔法で防音や侵入遮断をしてはいるけど、廊下に面しているドアが開いていると、意味がないんだよね）

フリオはヒヤの様子をリースの隣で見つめながら、そんなことを考えている。

（……この家に来たばかりの頃のヒヤって、男女の営みに関する知識が皆無だったせいで、やたらとそういった知識を吸収しようとしてきて、本当に困ったんだけど……やっぱりまだ油断出来ないみたいだな）

内心で苦笑しながらも、

「と、とにかく、みんなに迷惑をかけないようにしてね、ヒヤ。じゃあ、僕とリースは狩りに行ってくるから」

そう言うと、リースの手を引き、階段へ向かっていく。

そんなフリオとリースへ向き直ったヒヤは、

「お気をつけていってらっしゃいませ」

胸の前に右腕をあて、恭しく一礼した。

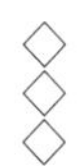

フリオとリースは、揃って家の玄関から外に出た。

ようやく陽光がフリオ宅前の牧場の一角を照らしはじめている。

フリオが少しの間その光景を見つめる。

その視線の先にはまず牧場があり、その奥に、牧場以上に広大な農場が広がっており、さらに奥にはホウタウ山がそびえている。

（……どれも、ここに引っ越してきてすぐの時にはなかったんだなぁ）

かつて、金髪勇者の配下になることを拒否し、この地に家や畑ごと魔法で転移してきたフリオ達。

その家と、関連施設は、転移して来た頃の何十倍もの広さになっていた。

「ホウタウ山の左、家に近い方の山の中には魔導船のドックもあるし……いつの間にかすごく広くなったなぁ」

家の周囲を見回していたフリオは、その視線を自分の後ろへ向けていく。

そこには、先ほどフリオが出てきたばかりの、フリオの家が建っていた。

フリオの腕に抱きついたままのリースもまた、フリオと一緒に家を見上げていく。

「この家って、魔獣達の襲撃を避けて放棄された家でしたわね」

「うん。それを冒険者組合から買い取って、魔獣討伐の拠点にしようと思っていたんだけど……あの時は、平屋で、部屋も数部屋しかなかったんだよね」

フリオの言葉に、頷(うなず)くリース。


この家には、最初はフリオとリースが二人で住む予定だった。

しかし、森で助けたバリロッサ、ブロッサム、ビレリー、ベラノの四人が加わり、次いでヒヤ、そしてゴザルとウリミナス、と同居人が増える度にフリオが魔法で増築し、今では地上三階地下二階の立派な屋敷にグレードアップしていたのであった。

同居人の多いこのフリオ家は、家族ごとに部屋が割り当てられており、基本的に、私室と寝室、それと物置部屋の三室に区切られている。

◇同時刻・ゴザル一家の寝室◇

ゴザル夫婦の寝室には、一回り大きなベッドが置かれている。

三人まで妻を娶(めと)ることが出来ることもあり、人種族のバリロッサと、地獄猫(ヘルキャット)族のウリミナスを妻に迎え、三人で一緒に寝ているための配慮となっている。


そんなベッドの中。

「う……ん……」

ベッドの中で寝返りをうったバリロッサ。


——バリロッサ。

元クライロード城の騎士団所属の騎士。

今は騎士団を辞め、フリオ家に居候しながらフリース雑貨店で働いている。

ゴザルの二人の妻の一人で、ゴーロの母。


隣で寝ているであろう、ゴザルの腕に抱きついた。

「ん……」

その腕を強く抱きしめると、その顔に小さな笑みが浮かんだ。

（……ゴザル殿……いつもながら、たくましい腕……って……）

腕に抱きついたまま、バリロッサが眉間にシワを寄せる。

（……おかしいな……ゴザル殿の腕は、もっとこう、たくましいというか……今、私が抱きついている腕は、いつもより毛深いような気がするというか……）

困惑しながらも、片腕を胸元へ伸ばしていく。


もにゅ。


「……もにゅ？」

予想外の感触に、さらに困惑するバリロッサ。

（……どういうことだ？　ゴザル殿の胸板は筋骨隆々としていて……こんなに柔らかいはずはないのだが……これではまるで、女の胸みたいではないか……）

困惑しきりのバリロッサは、ゆっくり目を開く。

その視線の先には、ウリミナスの姿があった。

――ウリミナス。

魔王時代のゴザルの側近だった地獄猫族の女。

ゴザルが魔王を辞めた際に、ともに魔王軍を辞め亜人としてフリース雑貨店で働いている。

ゴザルの二人の妻の一人で、フォルミナの母。

「ウ、ウリミナス殿!?」

バリロッサは目を見開き、改めて眼前の人物を確認する。

その視線の先では、ゴザルではなく、ウリミナスが横になっており、バリロッサはその腕に抱きつきながら、同時にその胸に手を伸ばした恰好になっていた。

「ん～……ゴザルってば、もぅ……」

まだ眠っているのか、目を閉じたままのウリミナスは、そのままバリロッサに抱きつく。

「アタシニャら、いつでもいいニャよぉ」

「あ、あわわ、ウリミナス殿！　ちちち、違うのだ、こ、これはだな……」

「うニャあ……今日のゴザルは、なんだか柔らかいニャあ……」

「い、いや、だから私はゴザルは、ゴザル殿ではなくてだな……あ、そ、そんなところを……って、いうか、ゴザル殿はどこに行ったのだ!?」

困惑しきりのバリロッサと、そんなバリロッサに抱きついたまま手を動かしまくっているウリミナス。

二人の、ベッドの上での攻防がこの後しばらく続くことになった。

◇同時刻・ベラノ一家の寝室◇

ベラノの部屋には、いたるところに書物が置かれている。

ベラノと、その夫であるミニリオの二人は、ホウタウ魔法学校の教員をしている事もあり、その勉強のために、と買いそろえた物である。

その一部は寝室にも置かれており、ベラノが眠るまでの間に、目を通したりもしている。

そんな一家の寝室。

ベッドの中で、三人が川の字になって横になっている。

その中央で寝息をたてているのはベラノだった。

——ベラノ。

元クライロード城の騎士団所属の魔法使い。

小柄で人見知り。防御魔法しか使用出来ない。

今は騎士団を辞め、フリオ家に居候しながらホウタウ魔法学校の教師をしている。

ミニリオと結婚し、ベラリオを産んだ。

その右に、夫であるミニリオ。


——ミニリオ。

フリオが試験的に産みだした魔人形。

フリオを子供にしたような容姿をしているためミニリオと名付けられ魔法学校でベラノの補佐をしている。

ベラノのお手伝いをしているうちに仲良くなり、今はベラノの夫でベラリオの父。


左に、ベラリオが横になっている。


——ベラリオ。

ミニリオとベラノの子供。

魔人形と人族の子供という非常に稀少な存在。

容姿はミニリオ同様フリオを幼くした感じになっている。

中性的な出で立ちのため性別が不明。

普通の魔人形と違い、人としての機能を有しているミニリオとベラリオは、ベラノ同様に寝息をたてながら横になっている。

昨夜も遅くまで魔導書を読み込んでいた三人。

そのため、誰も目を覚ます気配はなかった。

◇同時刻・カルシーム一家の部屋◇

カルシーム一家の部屋は三階にある。

私室の窓を開けると、放牧地とブロッサム農場の様子が一望出来、カルシームはその光景を眺めながら、チャルンの煎れた紅茶を飲むのを日課にしていた。


今朝も、すでに私室の窓は開け放たれていた。

窓際に置かれた椅子に座っているカルシームは、徐々に明るくなっていく外の光景を眺めていた。


――カルシーム。

元魔王代行を務めていたこともある骨人間族（スケルトン）にしてチャルンの夫。

一度消滅したもののフリオのおかげで再生し、今はフリオ宅に居候し、時折フリース雑貨店の店長代理を務める事もある。

「カルシーム様」

そんなカルシームの横に、チャルンが歩み寄ってくる。


――チャルン。

かつて魔王軍の魔導士によって生成された魔人形にしてカルシームの妻。

破棄されそうになっていたところをカルシームに救われ以後カルシームと行動をともにしており、今はカルシームと一緒にフリオ家に居候している。


「そろそろ、お茶のお代わりなど、いかがでありんすか？」

チャルンが手に持ったティーポットをカルシームに掲げてみせる。

「うむうむ、では頂くとしようかの」

その様子に、カルシームは笑い声をあげるかのように、顎の骨をカタカタと鳴らす。

そんなカルシームの目の前に、一筋の何かが垂れてくる。

「はて？　これは……」

カルシームが困惑した声をあげた。

その声に気が付いたチャルンが、その視線をカルシームへ向けると、

「あらあら、ラビッツってば……」

　そう言うと、自らのポケットからハンカチを取り出し、一筋の何かをふき取っていく。

　その一筋の何かは、カルシームの頭上で寝息をたてている二人の子供、ラビッツの口の端から零(こぼ)れ落ちた涎(よだれ)の筋であった。


　──ラビッツ。

　カルシームとチャルンの娘。

　骨人間族(スケルトン)と魔人形の娘という非常に稀少な存在。

　カルシームの頭上に乗っかるのが大好きで、いつもニコニコしている。

　もうじきホウタウ魔法学校に通いはじめる予定。


「ほんに……この娘(こ)ってば、いつもカルシーム様の頭の上にいたがりますわよねぇ」

「そうじゃのぉ……今朝も、起こさぬように、静かに椅子に移動したつもりじゃったのじゃが……あっという間に、ワシの頭の上に飛びついてきおったし……しかし、まぁ、それだけワシのことを好いてくれているからこそであろうし、大目に見ようかの」

　カタカタと、顎の骨を鳴らしながら、頭上で寝息をたてているラビッツの頭を優しく撫でる。

「あら？　カルシーム様を好いているのは、このチャルンもですわよ？」

チャルンが拗ねたように唇をとがらせた。

そんなチャルンに、カルシームは、

「ほっほっほ。それはワシもじゃよ」

顎の骨をカタカタ鳴らしながら、チャルンの腰に腕を回していく。

しばし見つめあう二人。

やがて、その視線を窓の外へと向ける。

幸せそうな表情を浮かべたまま、二人は窓の外を見つめ続けていた。

◇同時刻・スレイプ一家の寝室◇

スレイプとビレリーの寝室も、他の家族部屋と大差ない造りになっている。


——スレイプ。

魔族である死馬族の猛者で、ゴザルが魔王時代の四天王の一人。

現在はフリオ家に居候しながら妻のビレリーとともに放牧場の運営を行いつつ、魔獣レース場へ騎馬として参加していた。


——ビレリー。

元クライロード城の騎士団所属の弓士。

今は騎士団を辞め、フリオ家に居候し馬の扱いが上手い特技を生かし、馬系魔獣達の世話をしながら、スレイプの内縁の妻・リスレイの母として日々笑顔で暮らしている。


寝室には大きなベッドが置かれているのだが、その中には、二人の娘であるリスレイが一人で横になっていた。


——リスレイ。

スレイプとビレリーの娘で、死馬族と人族のハーフ。

しっかり者でフリオ家の年少組の子供達のリーダー的存在。


「……あれぇ……なんか変な時間に目が覚めちゃったなぁ……」

ベッドの中で薄目を開け、一度大きく伸びをする。

上半身を起こし、部屋の中を見回していく。

「……って、パパもママも、朝が早くて放牧場の管理棟で寝泊りしているから、いるわけないんだけどね」

苦笑し、再度ベッドに横になる。

上半身はタンクトップを身に着け、下半身は下着だけという、かなりの軽装をしている。

「……こんな恰好で寝ていると知ったら、ママはともかく、パパはすっごく怒りそうだなぁ……パパってば、考え方が古いというか、頭が固いというか……」

大きくため息をつく。

「でも、そんなところも好きなんだけど……それを言ったら、『リースレーイ!』って感涙を流しながら抱き上げられちゃうのが目に見えているから絶対に言わないけどさ……」

（……でも、パパとママって、いつも仲良しで、素敵なんだよね……）

「アタシも、いつかレプターと、あんな夫婦に慣れたらなぁ……」

不意に、そんな言葉を口にする。


——レプター。

ガリルやエリナーザ、リスレイの同級生の蜥蜴(とかげ)人族。

現在はスレイプが管理している放牧場に通いで勤務している。


しばしの後。

「……は!?」

我に返ったリスレイは、

「わ、私ってば、何を口走って……」

顔を真っ赤にしながら、毛布で覆っていく。

（……あ～……でも、確かにレプターと結婚とか……いや、でもまだ早いというか……その……）

リスレイは毛布の下で、あれこれ思考を巡らせながら、バタバタと身もだえする。

それは、この後もしばらく続いていった。

◇同時刻・子供達の寝室◇

フリオ家の中には、夫婦用の部屋とは別に、子供達が共同で過ごせる大部屋が設置されており、そこではゴザル家の子供・フォルミナとゴーロに加え、リスレイもたまにこの部屋で寝ることがあった。


子供達の寝室には、一度に十人の子供達が一度に横になれる大きなベッドが設置されている。

今日のベッドには、一番右にゴーロ、

――ゴーロ。

ゴザルとバリロッサの息子で、魔王族と人族のハーフ。

ゴザルのもう一人の妻であるウリミナスにもよくなついている。

口数が少なく、姉にあたるフォルミナの事が大好きな男の子。
ホウタウ魔法学校にフォルミナやリルナーザと一緒に通いはじめた。

その横に、フォルミナが寝ていた。

——フォルミナ。
ゴザルとウリミナスの娘で、魔王族と地獄猫族（ヘルキャット）のハーフ。
ゴザルのもう一人の妻であるバリロッサにもよくなついている。
ホウタウ魔法学校にゴーロやリルナーザと一緒に通いはじめた。

姉であるフォルミナの事が大好きなゴーロは、横向きで寝ているフォルミナの背中へ抱きつくようにして寝息をたてている。
ゴーロに抱きつかれているフォルミナは、さらにその隣で横になっているワインに抱きついて寝息をたてていた。

——ワイン。
龍族最強の戦士と言われているワイバーンの龍人（ドラゴニュート）。

行き倒れになりかけたところをフリオとリースに救われ、以降フリオ家にいついている。エリナーザ達の姉的存在であり、フリオ家の子供達みんなのお姉さん的な存在。


ワインはエリナーザやガリル達が幼少の頃から、この部屋で寝起きしている。

フリオに一度、個人部屋を勧められたことがあったのだが、

『ここがいいの！　いいの！　みんなと一緒がいいの！　いいの！』

という、本人の強い希望によって、この部屋に住み続けていたのであった。


そんなワインは、先ほどまで寝息をたてていたのだが、その目がパチッと見開かれた。

そしてその視線を、自分の右側へ向ける。

「……おかしいの……こっちに人の気配がある時は、いつもリルリルがいるはずなの……」

目を見開いたまま、首を傾(かし)げる。

困惑しているワインの視線の先には、もこもこの長髪で、小柄な女の子が横になっており、ワインの腕を枕代わりにして、気持ちよさそうに寝息をたてている。

ワインはその女の子の顔をまじまじと見つめる。

そこに、寝室のドアをそっと開け、ゴザルが部屋の中へと入ってきた。

――ゴザル。

元魔王ゴウルである彼は、魔王の座を弟ユイガードに譲り、人族としてフリオ家の居候として暮らすうちに、フリオと親友と言える間柄となっていた。

今は、元魔王軍の側近だったウリミナスと元剣士のバリロッサの二人を妻としている。フォルミナとゴーロの父でもある。

「ムラーナの魔力をたどってきてみれば……まさか子供部屋で寝ていたとは……」

ワインの隣で寝息をたてている女の子――ムラーナへ視線を向けながら、ゴザルは安堵(あんど)の息を漏らす。


――ムラーナ。

稀少種族の魔族生成族の女の子。

魔族モドキといういろんな魔族に酷似した物体を生成する能力を持ち、一体一体は弱いものの魔力が尽きるまで延々と魔族モドキを生成することが出来る。

現在はフリース雑貨店で働きながら身柄を保護されている。

「ムラーナ?」

ワインがゴザルの言葉に、きょとんとした表情を浮かべる。

そんなワインに、ゴザルは、

「昨日の夜、一緒に夕飯を食べたでは……って……」

言葉を続けかけたのだが、それを飲み込んだ。

（……そうだったな、食事中のワインは、目の前の食事に集中していて、他のことなど覚えてはいまい）

「……そうだな、この者は、ムラーナと言って、私の職場の……そうだな、部下なんだ。素性はしっかりしているので、このままここで寝させてやってはくれないだろうか？」

「ゴザゴザの部下？」

「うむ、そうだ」

ゴザルの返事に、ワインは満面の笑みを浮かべた。

「なら問題ないよ、ないよ！　この部屋の責任者のワインが、責任を持ってお世話するの」

「うむ、よろしく頼む」

ゴザルはワインの言葉に笑顔を返し、部屋を後にしていく。

（……しかし、このムラーナだが……体内の魔石目当てで一族が捕縛されていたせいで、極力魔力が体外に漏れない体質になっているのか……部屋を出て行った時も、この私ですらほとんどその魔力を感知することが出来なかった……）

小さく息を吐き出していく。

（……しかも、その魔石を狙っていたのが、人種族よりもむしろ魔族に多かったとも伝え聞いておる……一件平和になったように見えるものの、まだまだ道半ば、か……）

そんな事を考えながら、廊下を歩いていく。

その前方から、タニアが歩いてくる。

――タニア。

本名タニアライナ。

神界の使徒であり強大な魔力を持つフリオを監視するために神界から派遣された。

ワインと衝突し記憶の一部を失い、現在はフリオ家の住み込みメイドとして働いている。

「ゴザル様、おはようございます」

タニアがスカートのすそを持ち上げながら、恭しく一礼する。

「うむ、おはよう。だが、そのように堅苦しい挨拶は不要だと、いつも言っておるではないか」

「いえ、私はフリオ様のメイドでございます。家人に敬意を表するのは当然の事と考えておりますゆえ」

「ふむ……そういうことであれば、致し方ないか……」

タニアの言葉に、思わず苦笑する。

「しかしタニアよ、毎日こんなに朝早くから清掃を行っているのか？」

「はい、奥方様が朝食の調理をしやすいように、まず台所の掃除から始めようと……」

そう言うタニアの手にはバケツが、その背にはモップが括りつけられている。

その様子に、ゴザルは怪訝そうな表情を浮かべる。

「しかし、タニアであれば、清掃魔法を使用すれば……」

その言葉を、タニアが右手で制止した。

「ゴザル様、これはメイドの矜持なのでございます。どうかご理解いただきますよう……」

「う、うむ……タニアがそう言うのであれば、これ以上私があれこれ言うこともあるまい。くれぐれも無理はせぬようにな」

「お心遣い、ありがとうございます」

ゴザルの言葉に、タニアは深々と一礼する。

そんなタニアに、ゴザルは右手をあげて自室に向かって歩いていく。

（……しかし、タニアは昨夜も夜遅くまで邸宅周りを警邏していたはずだが……あの者はいつ寝ているのであろうか……）

タニアは自室を与えられてはいるものの、フリオですら彼女が部屋で休んでいるのを見たことはなかった。


タニアは階段を下りて一階へと向かう。

一階のリビングは、フリオ家に居住しているすべての人々が一堂に集まることが出来る大きな丸テーブルを中心に、応接室や物置、台所や風呂などが併設されている。

廊下を歩き、台所へ向かいかけたタニアは、その足を止めた。

左へ視線を向けると、その先、リビングの奥に小屋がある。

タニアは何かを感じたのか、そちらへ向かって移動していく。

タニアの身長よりも高さがある小屋の入口には、

『サベアたちのおうち』

と、手書きされた看板が打ち付けられている。


この看板。

まだ幼少であった頃のエリナーザが書いた物であった。


タニアが小屋の扉をそっと開ける。

その視線の先、小屋の中では、サベア一家が横になっていた。
狂乱熊（サイコベア）姿のサベアと、厄災の熊であるタベアの二匹は、いわゆるへそ天状態で並んで横になっている。

――サベア。
元は野生の狂乱熊（サイコベア）。
フリオに遭遇し勝てないと悟り降参し、以後ペットとしてフリオ家に住み着いている。
普段はフリオの魔法で一角兎（ホーンラビット）の姿に変化している。

――タベア。
厄災の熊の子供。
ドゴログマでリルナーザに懐き、クライロード世界までついてきた。
リルナーザの使い魔となっている。

そんな二匹のお腹（なか）の上では、リルナーザが体を丸くした状態で寝息をたてている。

――リルナーザ。

フリオとリースの三人目の子供にして次女。

調教(テイム)の能力に長(た)けていて、魔獣と仲良くなることが得意。

その才能を活用し、ホウタウ魔法学校へ入学後、魔獣飼育員を兼任している。

フリオの次女であるリルナーザも、建物内に自室があるのだが、サベア一家の皆と大の仲良しであるリルナーザは、いつしかこの小屋の中で、サベア一家の面々と過ごすのが当たり前になっていた。

その光景を見つめていると、タニアは、ある事に気が付いた。

サベアの妻である一角兎(ホーンラビット)のシベア、二匹の子供であるスベア、セベア、ソベアの合計四匹が、リルナーザの顔の周囲に集まって眠っているのだが、あまりにも密集し過ぎているため、リルナーザは呼吸が苦しくなっているらしく、時折苦しそうな声を漏らしていたのであった。

――シベア。

元は野生の一角兎(ホーンラビット)。

サベアと仲良くなり、その妻としてフリオ家に居候している。

――スベア・セベア・ソベア。

サベアとシベアの子供たち。

スベアとソベアは一角兎の姿をしており、セベアは狂乱熊の姿をしている。

「仲良しなのは良いのですが、これではリルナーザ様が困ってしまいますね」

タニアは、右手の人差し指を一振りした。

すると、リルナーザの顔の周辺に集まっていたシベア達の体がゆっくりと宙に浮かび、リルナーザのお腹の方へと集められていく。

それに併せて、先ほどまで苦しそうな表情だったリルナーザの顔が和らいだ。

「う～ん……むにゃあ……」

リルナーザは寝返りをうってうつぶせになり、サベアのお腹を抱きしめるように、大の字になった。

そんなリルナーザの頭に、サベアの右腕がそっと置かれた。

それは、まるでサベアがリルナーザの頭を撫でているかのようだった。

その光景に、タニアは思わず笑みを浮かべる。

「みんな、ゆっくりお休みくださいな」

小さな声でそう言うと、そっと扉をしめる。

どこか上機嫌な様子で、改めて台所へ向かって歩いていった。

◇同時刻・エリナーザの部屋◇

魔法灯が室内を照らし続けているエリナーザの部屋。

その部屋の中央、エリナーザは少し宙に浮かんだ状態で手に持っている書物に視線を落としていた。

「ふぅん……ここをこうして……」

右手を動かすと、机上に置かれている実験器具らしき装置の一部が極彩色に輝く。

同時に、その装置から四方に延びている細い管にも色が伝わっていく。

宙に浮かんだ状態のまま、その光景と、手の書物の内容を交互に確認していく。

いつものボサッとした野暮ったい服に身を包み、伸び放題になっている髪の毛は、大きなリボンでひとまとめにされている。

大きな丸眼鏡をかけたまま、書物の内容を何度も読み返す。

「……それにしても、拡張魔法で部屋を大きくしてはいるけど、それにも限界があるし……やっぱりもっと広い作業スペースがほしいわね、大規模な実験が行えるような、広い場所……球状世界を模した小型研究室を作るのは、神界から禁止されちゃったし……」

エリナーザはブツブツと独り言を口にしながらも、その視線は魔導書から離さず、実験の手も止めていない。

右手に、具現化させた杖を持ち、その先に魔力を込めていく。

「……でも、この実験が上手くいけば、パパのお店の新商品にする事が出来るし……でも、この商品を量産するとなると……」

その視線を、隣の部屋へ向けていく。

そこは、本来エリナーザの寝室のはずだった。

しかし、そこにベッドはなく、部屋中に魔道具を生成するための器具がはりめぐらされており、その機器の合間を、エリナーザが生成した魔人形達が忙しそうに動きまわっており、機器の調整、出来上がった魔道具のチェック、その梱包作業、さらに出来上がった魔道具を種類ごとに魔法袋に詰めていく作業まで、よどみなく行い続けていた。

「拡張魔法で、寝室の中を限界まで大きくしているけど、まだまだ手狭なのよね……それに、私が生成出来る魔人形は、単純作業しか出来ないし……」

ふぅ、と息を吐き出すエリナーザ。

「施設の維持には適量の魔素も必要……可能なら、クライロード球状世界で収集出来る魔素じゃなくて、もっと純度が高くて濃い魔素……魔族領から抽出してくるという手もあるけど、それだと魔族領の生態系に問題を起こしかねないし……」

小さく息を吐き出したエリナーザは、

「……いろいろと問題は山積み……だけど」

ここで、目を見開いていく。

「すべてはパパのため！　パパのようなすごい魔法使いになって、パパのためにもっともっと働いて……そのためには、寝ている時間ももったいないわ」

エリナーザは何度も頷き、目を輝かせる。


幼少の頃から今も変わらぬファザコンであった。

◇少し時間が経った頃・フリオ宅前◇

フリオとリースは玄関前に並んで立ち、しばらくの間、家を見上げていた。

「……気が付けば、たくさんの人達がここで暮らすようになっているね」

フリオの言葉に、リースは、

「すべては、旦那様のご威光あってのことですわ。この群れの長である旦那様が強いからこそ、この群れも強くなっているのです。私も、長の妻として、今まで以上に頑張っていきますわ」

嬉しそうな声でそう言うと、フリオの腕を抱き寄せていく。

密着したことで、リースの豊満な胸が、フリオの腕に押し付けられる。

リースとしては、単純な愛情表現だったのだが、その感触を前にしたフリオは、思わずその頰を赤くした。

「そ、それよりも、リース。そろそろ狩りに行かないと」

フリオはあたふたしながらリースの手を摑み、そっと自分から離す。

「そういえばそうでしたわ！　こうしてはいられません、旦那様、急いで向かいましょう！」

そう言うと、リースはその姿を牙狼へと変化させる。

「さぁ、旦那様、リースにお乗りください」

「ありがとうリース」

リースの言葉を受けて、フリオはその背に飛び乗った。

フリオがしっかり騎乗した事を確認したリースは、一度体を低くした後、

「では、行きますわよ！」

後ろ足で地面をけり上げ、一気に加速していく。

「二つ山を越えた峠のあたりに、魔獣の気配を感じます。今日はそこへ向かいましょう」

「わかった。移動は任せるよリース」

「お任せください、旦那様！」

フリオに任されたのが嬉しいのか、リースは歓喜の咆哮をあげた後、さらに加速していく。

放牧場を過ぎ、ブロッサム農場の街道を突っ切っていく。

「あれは……フリオの旦那と、リース様か？」

ブロッサム農場の一角で作業をしていたブロッサムは、街道をすごい速度で走り去っていくフリオを乗せた牙狼姿のリースの姿に気が付いた。


――ブロッサム。

元クライロード城の騎士団所属の重騎士。

バリロッサの親友で、彼女とともに騎士団を辞めフリオ家に居候している。

実家が農家だったため農作業が得意で、フリオ家の一角で広大な農園を運営している。


「お二人とも、お気を付け……」

二人に向かって右手を振り、声をかけようとしたブロッサムだが、言葉を言い終わらないうちに、二人の姿はあっという間に峠の向こうへ消えていった。

「……あはは、やっぱリース様は速いなぁ」

ブロッサムはあげたままになっていた右手で、後頭部をかきながら苦笑する。

そこに、

「お、どうしたブロッサムよ」

後方から歩み寄ってきたウーラがブロッサムへ声をかけてきた。

——ウーラ。

鬼族の村の村長であり、コウラの父。

妖精族の妻が亡くなって以後、男手ひとつでコウラを育てながら、はぐれ魔族達の面倒をみている。

義理人情に厚く、腕力自慢で魔王ゴウル時代に四天王に推薦された事もある。

「あ、ウーラの旦那。いえね、ついさっきフリオの旦那が、リース様と一緒にそこの街道を駆け抜けていったんだ」

「ふむ、何か気配を感じたと思ったら、そのお二人であったか。いや、しかし……」

ウーラが顔を突き出し、峠の向こうに向かって目を細める。

「すでに、影も形も見えないな……相変わらず、なんという速さだ」

腕組みしたウーラが苦笑する。

「さすがの我も、あの速度にはかないそうにないな」

そう言って豪快に笑い声をあげた。

すると、

「ちょっと、ウーラの旦那！」

口に人差し指をあて、静かに！　という仕草をウーラに見せるブロッサム。

同時に、自分の視線を、背中の方へ向けた。

そこには、ブロッサムにおんぶされたまま、寝息をたてているコウラの姿があった。


——コウラ。

鬼族の村の村長ウーラの一人娘。

妖精族の母と鬼族の父の血を受け継いでいるハイブリッド。

シャイ過ぎて人見知りがすごいのだが、フリオ家の面々にはかなり心を開いている。

ブロッサムの意図に気が付いたウーラは、

「おっと……すまぬすまぬ」

慌てた様子で自分の口を両手で覆う。

「頼むよウーラの旦那……ホウタウ山の家からここに来る時も、旦那がでっかいくしゃみをしたせいでコウラちゃんが起きちゃって、『農作業についてく』って、駄々をこねられたんだからさ」

そう言うと、ブロッサムはコウラが目を覚まさないように、おんぶしたままでゆっくりと体を左右に揺さぶる。

そんな二人の様子を、ウーラが隣から見つめている。

（……妻を亡くしてから今まで、男手ひとつで育ててきたコウラであるが、滅多に他人に心を開かなかったというのに、ブロッサム殿には、初めて会った時から今までずっとなついておる……それどころか、『お母(かあ)』と言って慕ってもおるし……ブロッサム殿さえよければ、我の妻に……）

ウーラがそんな事を考えながら、二人をジッと見つめていた。

その視線に気が付いたブロッサムは、

「ん？　ウーラの旦那。アタシの顔に何かついているかい？　あ、さっきまで雑草を抜いていたから土でもついてたか？」

そう言って、右腕で顔を擦(こす)っていく。

「あ、いや……そういうわけではなくてだな……」

ウーラはあたふたしながら、返事に窮してしまう。


見た目は豪快ながらも、意外にシャイな面を持つウーラであった。

◇同時刻・クライロード城内・姫女王の自室◇

フリオが目を覚ました頃。

姫女王は、クライロード城内にある自室のベッドで横になっていた。

横になってはいるものの、その目は開いており、まっすぐ天井を見つめ続けていた。

――姫女王。

クライロード魔法国の現女王。本名はエリザベート・クライロードで、愛称はエリー。
父である元国王の追放を受け、クライロード魔法国の舵取りを行っている。
国政に腐心していたため彼氏いない歴イコール年齢のアラサー女子。

（……幸い、クライロード魔法国の政情は安定しています。魔王軍と結んでいる休戦協定のおかげですが、一部の魔族達による、ゲリラ的な襲撃が若干ですが増えていると報告を受けていて……もっとも、魔王軍の襲撃に関しては魔王軍側でも対処してくださっていて、クライロード領内への侵入許可もお出ししていますし、自警団……主に、フリオ様のフリース雑貨店の荷物搬送部隊の皆様も対処にあたってくださっていて……）

どこか眠たげな表情のまま、そんな事を考えていた。
ベッドで横になり、目を閉じたとしても、国の事に考えを巡らせてしまうと、まともに眠ることが出来なくなってしまい、半分覚醒した状態のまま朝を迎える事が多くなっていたのであった。
そんな姫女王の顔に、陽光が差し込んでくる。

「……朝？」

窓の方へ視線を向けると、カーテンの隙間から、陽光が差し込んでいた。

「……ふぅ……もうそんな時間になってしまったのですか……」

姫女王は気だるげに、上半身を起こす。

ゆっくりとベッドから降りると、スリッパを履き、鏡台へと向かう。

鏡に映った自分の顔を確認する姫女王。

「……ひどいクマですね」

困惑した表情を浮かべながら、目元に手をあてた。

「……朝の会議までに、化粧でどうにかごまかしておきませんと……」

大きなため息をつき、肩を落とす。

しばらくそのままの体勢で固まっていたのだが、いきなり両手で自らの両頬を、

ばっちーん！

思いっきり叩(たた)いた。
想定以上の痛みのためか、しばらくそのままの姿勢で固まっていた。
「……いけません。こんな気弱な事では……この国の責任者であるこの私がしっかりしないと
……」

唇を噛みしめながら、小さく頷く。

その時、

「……何かありましたか？」


不意に、窓の方から声が聞こえてきた。

いきなりだったため、びっくりした姫女王は背筋を伸ばした後、ゆっくりと声の方へ視線を向けていく。

その視線の先には、ガリルの姿があった。


――ガリル。

フリオとリースの子供で、エリナーザとは双子の弟で、リルナーザの兄にあたる。

いつも笑顔で気さくな性格でホウタウ魔法学校の人気者。

身体能力がずば抜けている。


姫女王直属の親衛隊にのみ与えられる騎士服に身を包んでいるガリルは、窓を開けて部屋に入ってきたらしく、カーテンに隠れるようにして、姫女王の様子と、室内の様子を交互に確認していた。

ホウタウ魔法学校を卒業し、クライロード学院へ入学する予定だったガリル。

しかし、入学試験での成績が、受験者どころか、現役騎士団の中でもダントツでトップだった事を受け、騎士団長マクタウロの英断によって、学院に入学することなく、騎士団へ入団し、その中でも最上位にあたる姫女王直属の親衛隊に、先日より組み込まれていたのであった。


「ガ、ガリル君!?」

いきなりのガリルの登場に、姫女王は思わず目を丸くする。

口元に手をあて、ガリルをまっすぐ見つめていく。

そんな姫女王に、ガリルは、

「申し訳ありません。人を叩くような音が聞こえたので急いで駆け付けたのですが……問題なさそうですね」

室内に危険がないことを確認したらしく、姫女王の前に歩み寄ると、その場で深々と頭を下げた。

「あ……」

ガリルの言葉に、ハッとなる。

(……さっき、自分で頬を叩いて気合を入れた時の……)

その事に気が付いた姫女王は、

「あ、いえ……その……先ほど、気合を入れようと思いまして……その、自分の頬をですね……その、勘違いさせてしまい申し訳ありません」

頬を真っ赤にしながら、ガリル以上に頭を下げていく。

「いえ……あの、それよりも……」

そう言って上半身を起こし、姫女王の両肩を摑むと、その顔を覗き込むように顔を近づける。

「……ガ、ガリル君⁉」

ガリルの顔がすぐ近くに接近した事で、あっという間に顔が真っ赤に染まる。

そんな姫女王に、ガリルがさらに顔を近づける。

（……こ、これって……く、口づ……）

顔を真っ赤にしたまま、そんな考えにいたった姫女王は、ゆっくりと目を閉じていく。

次の瞬間、

「……姫女王様、よく眠れていますか？」

「へ？」

予想外のガリルの言葉に、一瞬呆（ほう）けた表情になり、その場で固まった。

「いえ……部屋に入った時から気になっていたのですが、目の下のクマがひどいし……表情もどこかお疲れみたいだし……」

「あああ、あの……こここ、これはですね……」

矢継ぎ早に放たれるガリルの言葉に、どんどん思考が混乱していく。

（……じ、十年前なら、これくらいの激務でも全然疲れませんでしたのに……アラサーになった今の私のお肌では、隠しようもないと申しますか……あぁ、よりによってガリル君に見られてしまうなんて、もう、このまま死んでしまいたい……）

混乱した思考の中で、そんな事を考える。

そんな姫女王を、ガリルは優しく抱き寄せる。

「……ガ、ガリル君？」

「すいません……なんか、心配になっちゃって……姫女王様って、すぐに無理されるので……」

姫女王を抱きしめる腕に力を込める。

（……たくましい胸板……ガリル君……いつの間にか、こんなに頼りがいのある……）

そのまま、目を閉じ、

「……ガリル君……申し訳ありませんが、もう少しだけこのまま……」

姫女王はガリルの胸に顔を寄せたまま、動きを止める。

二人は、部屋の中で抱き合ったまま、しばしの時をともにしていった。

◇ホウタウの街・フリオ宅◇

日が昇り、朝日がフリオ宅を照らしていた。


フリオ宅の裏口。

台所に通じている勝手口の外に、フリオとリースの姿があった。

二人の前には、二人が仕留めた魔獣が山積みになっている。

「今日は、いまいちでしたわね。思ったほど魔獣がいませんでした」

リースは腕組みをしたまま不満そうな表情を浮かべていた。

「ふた山向こうとはいえ、このあたりの魔獣は結構狩ってるし、数が少なくなっているのかもしれないね」

魔獣を確認しながら、フリオがリースに返事をする。


二人が狩った魔獣の大半は害獣指定されている魔獣であり、討伐した証を冒険者組合へ提出することで、討伐報酬がもらえる仕組みになっている。


フリオは冒険者組合に提出する魔獣の耳を切り取っていく。

「以前は、魔獣ごと持ち込んで審査してもらう必要があったけど、今は右耳だけでいい、って事になったから、助かるね」

「まぁ、そうですけど……やっぱり不満ですわ。久々の、旦那様との共狩り（デート）でしたのに、あっさり終わってしまいました……」

リースがふぅ、と、大きなため息を漏らす。

「……あ、そういえば」

そんなリースの表情を見つめていたフリオは、何かを思い出したらしく、両手をポンと叩いた。

「ん？　何かございましたか？　旦那様」

「狩りのことだけどさ、ドゴログマへの侵入許可を申請しておいたからさ」

「ドゴログマですか！」

フリオの言葉に、目を輝かせるリース。

「あそこでしたら、ここと違って、大型の魔獣もわんさかいますし、旦那様と一緒に思う存分共狩り（デート）が出来ますわ！」

頬を赤くし、牙狼の尻尾を具現化させたリースは、その尻尾を激しく左右に振る。

そんなリースの様子を前にして、苦笑し、頬を右手の人差し指でかいた。

「その……喜んでくれているところに申し訳ないんだけど……最近、ドゴログマへの侵入許可がなかなか出なくなっていて、困っているんだよね」

「そういえば、そのように言われていましたわね。何かございまして？」

「うん、なんでもドゴログマ世界の状態が不安定になっているらしくて、神界の人たちも様子見しているらしいんだよね」

「なるほど……と、いうことは……今回も許可が下りない可能性が……」

「そうだね……無き（な）にしも非ず（あら）……かな」

フリオの言葉に、がっくりと肩を落とすリース。

「そんなぁ……せっかく旦那様と、思う存分共狩り（デート）をするという夢がぁ……」

「ま、まぁまぁ、そう言わずに、期待して待とうよ。それよりも……」

リースの肩に手を置くと、

「それよりも、みんなの朝ごはんの準備をしよう。今日は僕も一緒にやるからさ」

笑顔で、語りかけていく。

その言葉に、それまでがっくりしていたリースは、機嫌が直ったのか、その顔に笑みを浮かべると、

「共狩り（デート）はお預けですけど、一緒にお料理も嬉しいですわ！」

そう言うが早いか、右腕を牙狼化させ、魔獣に向かって振るう。

とたんに、魔獣の肉が均等に小分けになった。

その塊をいくつか手に取り、

「さぁ、旦那様！　早速台所へまいりましょう！」

リースが満面の笑みで台所へ向かって駆け出していく。

「わかったよリース」

フリオも、そのあとに続いて台所へ入っていく。


程なくして、台所から美味(おい)しそうな匂いが漂いはじめ、勝手口の外に山積みになったままだった魔獣の肉が、フリオの魔法によって姿を消し、台所の中へ移動していった。

◇神界◇

クライロード魔法国が存在しているクライロード球状世界。

その球状世界が存在している空間には、クライロード球状世界以外にも、多くの球状世界が存在しており、それらの球状世界は、その上空に存在している神界世界から管理されている。


神界の中央付近に、城状の建造物が集中している場所がある。

鋭利な塔に近い、それらの建造物は、一層下に存在している球状世界を管理している女神達の仕事場となっており、球状世界がぶつかったり、球状世界の存在を脅かすような事態を沈静化させるなどの業務を行う場所になっている。

そんな建物の中の一つ。

その中の一室で、マルンは大きなため息を漏らしていた。


――女神マルン。

神界の女神の一人であり、球状世界の管理を行っている。

女神の中では中堅であり、いろいろと厄介事の処理を任されることも増えはじめている。


「……よりによって、この世界の管理を任される事になっちゃうなんてねぇ……」

部屋の中央に浮遊している大きな水晶を見つめながら、再びため息を漏らす。

その水晶の中には、一つの球状世界が映し出されている。

「クライロード球状世界……もともと、いろいろと厄介ごとが多かったとはいえ……ここ数か月の間に、防壁魔法が複数回破損したって……九匹の蛇の討伐も終わって、世界としては平和になっているはずなのに……なんでこう問題が起きまくっているのかしらねぇ……」

小首を傾げ、再びため息を漏らす。

「通常であればぁ、平和に向かっている球状世界は新人の女神に担当させて、経験を積ませるはずなのに……防壁魔法が破損したことで恐れをなして逃亡しちゃった新人の女神ちゃんが五人……まさか、私に管理が回ってくるなんて、夢にも思っていなかったわぁ」

マルンが右手を大きく左右に動かすと、部屋の中央に浮遊している水晶の左右から、別の水晶が出現した。

「……もともと担当していたパルマ世界は、ようやく人種族至上主義派閥が倒れて、いい感じになってきていてぇ、地下世界ドゴログマの管理も仰せつかって……これで私も昇進出来そうだったのに……」

マルンの視線の先に出現した、右の水晶の中にはクライロード球状世界とよく似た球状世界が映し出されており、左の水晶の中には、極彩色の空を持つ広大な森が映し出されていた。

「……とはいえ……ドゴログマの方がちょっと問題なのよねぇ」

そう言うと、視線を左の水晶へ向ける。

その視線の先、水晶の中に広がる広大な森の中、何かが飛び上がった。

生き物らしきそれは、極彩色の空に向かって飛翔(ひしょう)すると、口から獄炎の炎を吐き出す。

「あーっもう！　また暴れる気かしら、あの厄災魔獣……ううん、あれはもう魔獣じゃないわね……」

水晶の中、巨大な体軀(たいく)で空を駆けている魔獣の姿を見つめながら、再び大きなため息を漏らす。

「神界の使徒の部隊を派遣して捕縛を試みたこと十二回……そのすべてが失敗……ですもんねぇ……だいたい、この地下世界ドゴログマの制度って、無理がありすぎると思うのよ」

マルンは人差し指で鼻の頭をポリポリとかく。

「球状世界を破滅させかねない存在を捕縛して送り込み、幽閉する場所……っていっても、何百年もそんな事を続けていれば、魔獣達が争い合って、生き残るために進化する存在が出てきてもおかしくない……しかも、そいつらは一体で球状世界一つを壊滅させるだけの力を持っているわけなんだけど、そんな物騒な輩（やから）が存在進化したらどうなるか……その可能性になんで誰も思い至らなかったのかしらねぇ……いえ、思い至ってはいたものの、その解決策を先送りし続けた結果……って事なのよねぇ……」

　マルンはブツブツと独り言を続けている。

　その時、部屋の扉が開き、一人の女神が入室してきた。

　女神を確認したマルンは、大きなため息を漏らしながら、その女神に向かってジト目を向けた。

「あらあら、大女神様のお小言は終わったのかしら？　女神ゾフィナ……いえ、ゾフィナお姉ぇ様ぁ」

「……その呼び方はやめろと言っているであろう、マルン」

　マルンの言葉に、苛立（いらだ）った声で応える女神ゾフィナ。

——女神ゾフィナ。

　神界の女神の一人であり、球状世界の管理を行っていたが、その功績を認められて、昇進予定だったのだが……。

「……神界のしきたりとはいえ、姉妹は同じ役職にならない限り、同じ名前を名乗るなど……そんな古(いにしえ)の決まり事を律儀に守らなくてもいいではないか……」

「確かに、最近は不便だから、あの決まり事って有名無実化してるもんねぇ……ゾフィナのご両親はそうでもなかったみたいだけどさ」

「……我が母は、統括女神として神界の政務に携わられているので……どうにも考え方が古いというか……」

女神ゾフィナは大きなため息を漏らす。

「……しかし、だ……妹ときたら、神界の使徒として女神セルブアの元で頑張っていると思っていたのに……まさか、セルブアと一緒に職務を放り出して、球状世界へ出奔するとは……確かにセルブアは、少し気弱なところがあり、問題事案を抱えきれなくなると放り出す悪癖があったのも事実だが……最近はその様子も見られなくなっていたし、もう大丈夫だと思っていたのだが……それに、妹に関しては潔癖すぎるところがあり、上司のそういった無責任な対応を前にしてブチ切れたのであろうということは容易に想像出来る……とはいえ、だ……」

明らかに苛立った様子で、女神ゾフィナがブツブツと独り言をこぼす。

「その件で、姉として女神審問を受けてきたのでしょ？」

「まぁ、そうなんだが……」

再び大きくため息を漏らす女神ゾフィナ。

そんな女神ゾフィナの様子を、女神マルンはクスクス笑いながら見つめている。

「……私の後任の女神としてセルブアを、そのセルブアの使徒に妹を推挙したのは私だからな。女神審問を受けるであろうことは、二人が神界から脱走したと聞いた時に覚悟はしていたが……」

何度目かのため息を漏らし、頭を抱える。

「……二人を神界に連れ戻し、女神審問を受けさせることが出来れば今回の推挙の責任は問わないとのことだ……」

その様子に、女神マルンは思わず苦笑する。

「ほかならぬ、あなたの妹でしょう？　神界を脱走した時点で……ねぇ？」

「……うむ、そうなんだ……セルブアはともかく、あの生真面目な妹が神界を脱走すると決める程なのだから、おとなしく審問を受けるとは思えない」

「じゃあ、セルブアちゃんは、審問を受けてくれそうなの？」

「というか……セルブアからは、神界を脱走してからしばらくして、『やっぱり戻りたい』といった内々の連絡が来ているからな」

「あー……確かに、セルブア(あの娘)が球状世界で生計をたてて生き延びられるとは思えないものねぇ……」

「森で生活していたらいきなり魔獣に襲われて、もうこりごりだそうだ」

「……まぁ、そうなるよねぇ……神界を脱走した時点で神界魔法の使用に制限がかかっちゃうし……でも、今回脱走したセルブアとゾフィナの二人とともに女神審問を受けさせるように、って言われているのよね？」

「あぁ、そうなんだが……妹は、フィナと改名し、クライロード球状世界で住処と仕事を見つけ新しい生活を始めているらしく……」

「あー……そこまで腹を括っていたら、わざわざ審問なんて受けないよねぇ」

「そうなんだ……まったく、困った妹だ……」

女神ゾフィナは腕組みをしたまま舌打ちをする。

正面から、その様子を見つめていた女神マルンは、

（……確か、妹ちゃんが潜伏しているのって、クライロード球状世界よね……このあいだ、防壁魔法崩壊騒ぎが立て続けにあった……っていうか、あの世界って、確かフリオ君がいるはずよね……フリオ君といえば確かドゴログマへの侵入許可を……）

右頰に人差し指をあてながら、思案を巡らせていく。

しばらくの間、そのまま制止していた女神マルンだが、いきなりポンと手を叩くと、

「うん！　いいじゃない！」

「は？　ど、どうしたんだ、マルン？」

いきなり表情を輝かせながら声をあげた。

そんな女神マルンの様子に、女神ゾフィナは目を丸くさせる。

「ううん、なんでもないの、なんでもないの。それよりもさぁ、とりあえず妹ちゃんに連絡してみたらどう？」

「連絡……と、言われてもだな……あの生真面目で頑固な妹をどうやって説得したものか、いまだに考えがまとまらないというか……」

「うんうん、それに関しては、私にちょっといい考えがあるのよねぇ」

「マルンに？」

「うんうん、あなたとしては、妹ちゃんには将来的に神界に戻ってほしい……そのためにも女神審問を受けてもらいたい、ってことでしょ？」

「そ、それは……確かにそうなんだが」

女神マルンの言葉に、女神ゾフィナは思わず口ごもる。

女神マルンの言うとおり、女神ゾフィナは自らの責任を追及される事よりも、妹であるフィナが将来的に神界へ戻れる道をなんとかして残してやりたいと考えていたのであった。

しかし、思考がまとまらず目を伏せる。

そんな女神ゾフィナの背中を、

「いいからいいから！　そこは私に任せて！」

笑いながら、思いっきり叩いていく。

（……うんうん、これが上手くいけば、ゾフィナにも、妹ちゃんにも……ついでに私にもいい話になるのよねぇ）

そんな事を考えながら、ニコニコ笑い続けている。

そんな女神マルンを、

「一体、何を考えているのよ、あなたってば……」

女神ゾフィナは訝しそうな表情を浮かべながら見上げる。

「……とはいえ、他に妙案もないし、今はあなたの考えにかけるしかなさそうね……」

大きく息を吐き出すと、部屋の外へ向かって歩いていく。

「魔法通信室ね、私も行くわぁ」

女神マルンも、その後を追っていく。

部屋の中は無人となり、先ほどまでの喧噪が嘘のように静寂に包まれていた。

◇ホウタウの街・ホクホクトンの家◇

フリオ宅の前、放牧場の奥に広がっているブロッサム農場。

その一角、通行用に設けられている通路に面した場所に、二軒の小屋があった。

一軒は、ブロッサム農場で働いているゴブリンのマウンティ一家の小屋であり、その一家が暮らしている。

――マウンティ。
魔族のゴブリンにして元魔王軍の兵士。
仲間だったホクホクトンとともにブロッサム農場で住み込みで働いている。
同族の妻を持ち子だくさん一家の主(あるじ)でもある。

子だくさんのマウンティ一家の小屋は、増築を重ねており、現在五階建てになっており、家からは子供達の賑やかな声が絶えなかった。

もう一軒は、同じくブロッサム農場で働いているゴブリンのホクホクトンの小屋である。

――ホクホクトン。
元魔王軍配下の兵士だったゴブリン。
今は、ブロッサム農園の使用人として連日農作業に精を出している。
神界を追放された駄女神様ことテルビレスに勝手に居候されて……。

この二軒、かつては一軒の小屋だったのだが、マウンティの家族が増加するに連れて、分けられており、今に至ったという経緯があった。

こぢんまりとしているホクホクトンの小屋は二階建てになっており、一階に家主であるホクホクトンが、二階には居候の元女神テルビレスと、使徒ゾフィナ改めフィナの二人が暮らしていた。


その、ホクホクトンの小屋の二階。


「断る！」

その一室に、フィナの声が響いた。


——フィナ。

旧名ゾフィナ。神界の決まりにのっとり姉と同じ名だったが、神界を出奔したことで改名した。

クライロード世界を統治している女神の使徒にして、神界の使徒である神界人。

血の盟約の執行人としての役目も担っており、その際には半身が幼女、半身が骸骨の姿で姿を現す。

女神の無茶ぶりと、想定外の出来事が続いたことに辟易（へきえき）し神界を出奔し、この世界で新たな生活を始めている。

フィナは部屋の中央に腕組みをしたまま仁王立ちしており、眼前に表示されているウインドウを睨みつけている。

ウインドウの中には、女神ゾフィナの上半身が映し出されていた。

神界にある魔法通信室からの直通連絡により、このウインドウが表示されていた。

『……なぁ、妹よ、そう意地をはるでない……セルブアは、審問を受けることに同意して、すでに神界へ戻って来ているんだ。お前も、おとなしく女神審問を受けてだな……』

「断固拒否する！」

女神ゾフィナの言葉に、フィナは再びきっぱり言い放つ。

「私は、神界の理不尽な仕打ちに耐えかね、すべてを投げ出して出奔したのだ。今更女神審問など受ける気はない。そもそも、私が神界へ出戻る意思がないとの書状は、出奔する際に、部屋に置いて来たはず。あれがあれば、姉さんが責任を追及されることはないはず」

腕組みをしたまま、強い口調で言葉を続けるフィナ。

その言葉を受けて、ウインドウの向こうの女神ゾフィナは、眉間にシワを寄せていく。

『……た、確かにそうだが……いつまでもそこにいるわけにはいくまい？』

「心配ご無用！　この一帯を治めておられるフリオ殿に、居住の許可は頂いているし、この家の主であるテルビレス殿にも、居候の許可をすでに頂いている。よって、私が神界に戻り、女神審問を受けることはない」

フィナはきっぱりと言い切る。

（……我が妹だけに、それなりの覚悟があったからこその行動だったと、想像してはいたが、まさかここまで取り付く島もないとは……）

あまりにもはっきりと拒絶されたことで、女神ゾフィナは言葉に詰まってしまう。

すると、ウインドウの中に、女神マルンが割り込んでくる。

『はいはい、妹ちゃん、あなたの気持ちはよくわかったわぁ』

「マルン様……」

『あなたの意思がかたぁいのは、よぉくわかったわ』

『ちょ、ちょっと待てマルン、お前、妹の説得の手伝いをしてくれるのではなかったのか!?』

女神マルンの言葉に、女神ゾフィナが困惑した声をあげる。

ウインドウの中で、しばし口論になる二人。

『と、とにかくね、フィナちゃんがクライロード球状世界で暮らすことを認める代わりに、お願いがあるのよ』

「お願い?」

『そうなのよぉ。これは、フリオ君にも関係している話だからね、あなたにとっても、そこに住む事を許可してくれているフリオ君に恩返し出来る話でもあるのよ』

「……ふむ」

しばらく思案を続けていたフィナは、それまでの頑なな様子から一転し、

「確かに、フリオ殿のためになるのであればやぶさかではない。内容次第ではその話を受けてもかまわない」

『さっすが、妹ちゃん！　話がわかるわねぇ』

フィナの言葉に、歓喜の表情を浮かべた女神マルンは、嬉々として言葉を続ける。

同時刻。

フィナが神界と通信をしている部屋の外に、ホクホクトンとテルビレスの姿があった。

二人は、フィナと神界の通信の内容が気になり、廊下から聞き耳をたてていたのだが……。

「……おい、堕女神。どういう事でござるか？」

ホクホクトンが、腕組みをして廊下に立っている。

その視線の先では、テルビレスが廊下の壁を背にし、その顔に愛想笑いを浮かべている。

——テルビレス。

元神界の女神。女神の仕事をさぼっていたため神界を追放されている。

今は、ホクホクトンの家に勝手に居候し、ブロッサム農園の手伝いをしているのだが、酒好きと

生来の怠け者気質のせいで日々ホクホクトンに怒鳴られる日々を送っている……。


「あ～……えっとぉ……どういうことなのかしらねぇ？　テルビレスもわっかんなぁい」

両頬を左右の人差し指でつつきながら、てへぺろと舌を出した。

「なんでこの家の主が、お主という事になっているでござる？　そもそもお主も、勝手に居候しただけではござらぬか」

「え～っと……あれぇ？　なんでかしらねぇ。あはは」

ホクホクトンが顔をずいっと近づけ、怒りの表情を浮かべている。

「やだなぁ、きっとあれよ、何か行き違いがあったんじゃないかなぁ。とにかく、私はなぁんにも知らないわぁ」

テルビレスは明らかに挙動不審な様子で視線を泳がせる。

「……どうにも信用ならぬでござる。お主がそうやってごまかそうとする時は、何か悪だくみをしている時でござるからな……」

「え、えぇ……やだなぁ……た、たまには信用してよぉ」

迫るホクホクトン。

愛想笑い全開のテルビレス。

二人が廊下でそんな攻防を繰り広げていると、

ガチャ。

部屋の扉が開き、フィナが姿を表した。

「あ、お二人とも。私の勝手で部屋を使わせていただき、申し訳ありませんでした。ひょっとして何かここを使用する必要でも……」

フィナがホクホクトンとテルビレスに対し、深々と頭を下げる。

「いやいや、そういう事はないでござる……ただ、フィナ殿が今後どうなさるのか気になったというか……」

ホクホクトンの言葉に頭を上げ、口を開く。

「あぁ、そのことですが、今、神界と話がつきまして、今後は神界から仕事の依頼を受けることで、ここに居住する事を認めていただけることになりましたので……」

フィナがそう言うと、床にへたり込んでいたテルビレスが、パァッと表情を輝かせ、

「や～ん！　それじゃあ、これからもここで一緒に暮らせるのねぇ！」

フィナに抱きつく。

「あ、はい。そういうことですので、これからもこの家でお世話になりますテルビレス様」

「あぁ、その事で確認したいのでござるが……」

抱き合っている二人にホクホクトンが歩み寄る。

「この家の主がテルビレスというのは……」

「あ、はい。テルビレス様からそうお聞きむぐうううううううううう」

そこまで口にしたところで、テルビレスがフィナの口に一升瓶を突っ込んだ。

不意をつかれたフィナはあたふたと手足をばたつかせる。

「テルビレス！　お主、フィナ殿を酔わせて証言させないつもりでござるな！」

「や～ん、そんな事、考えたこともありませぇん。フィナちゃんがぁ、神界とお話をいっぱいしたせいでぇ、喉が渇いたんじゃないかと思って気を利かせてあげているだけじゃないですかぁ」

テルビレスは満面の笑みを浮かべたまま、一升瓶を上下に振る。

何がなんだかわからないうちに、フィナの口に突っ込まれている一升瓶から、結構な量が体内へ流れ込んでいく。

「テルビレス！　お主、一気飲みは危険ゆえに、決して強要してはならぬのに、よくもまぁどうどうと！」

「あははぁ。よく言うじゃないですかぁ、お酒は百薬の長ってぇ。お薬ですって、お薬ぃ」

明らかに、フィナに何も言わせなくするために、お酒を飲ませていた。

それをやめさせようとするホクホクトンと、すでに意識が遠のきはじめているフィナ。

この状態はしばしこのまま続いていった。

◇とある森の奥深く◇

魔王領とクライロード魔法国領の境に近い森の中。

「このくっそ魔族どもがあぁ！」

ベリアンナの怒声が森中に響き渡る。


――ベリアンナ。

悪魔人族で、現魔王軍四天王の一人。

大鎌の使い手で、日々魔王領内を飛び回っている。

アイリステイルの姉。


自分の身長より長い大鎌を振り回しながら、魔族達に向かって突っ込んでいく。

「こ、こいつ、まさか魔王軍四天王の!?」

「な、なんでこんな辺境の集落にそんな大物が!?」

逃げ惑う魔族達をさらにベリアンナが追いかける。

「はっ！　魔王様の命令で、くっそ人種族とは休戦してんだよ。その命令が聞けないっていうのなら、くっそ全員覚悟するんだね！」

狂気に満ちた表情を浮かべながら、大鎌を振り下ろす。

その度に、

「ぐふぅ!?」

「ぐはぁ!!」

魔族達が宙に舞っていく。

そんな魔族達が地面に落下する前に、ベリアンナの後方から伸びてきた触手が魔族達に絡みついていく。

魔族達はそのまま触手に引っ張られ、後方へと強制的に連れていかれる。

そこには、ピンク色でミニスカート仕様の看護服に身を包んだコケシュッティの姿があった。

――コケシュッティ。

幼女型狂科学者（ロリータタイプマッドサイエンティスト）にして現魔王軍四天王の一人。

多くの魔族を自らの治癒魔法で救ったことを現魔王ドクソンに評価され四天王に抜擢（ばってき）されたが、本人はのんきで内気な女の子のため風格はまったくない。

「はいはい。動けなくなった魔族の皆さんは、私が応急処置をして、魔王城までご招待いたしますます」

コケシュッティは満面の笑みをでその手の巨大な注射器を構える。

その笑顔に、ベリアンナの攻撃を受けて意識がもうろうとしている魔族達は、

「ま、待ってくれ……そ、それは……」

コケシュッティが抱えている注射器を前にして、慌てた声をあげる。

そんな魔族達に、コケシュッティは、

「はいはい、大丈夫ですよぉ、痛いのは最初だけですですぅ」

満面の笑顔でそう言うと、自分の身長と同じくらいの大きさの注射器を振り上げ、

「えぃ！」

一気に、魔族のお尻に突き刺した。

「ふぐぅ！」

とたんに、魔族の口から悲鳴があがる。

しかし、コケシュッティは、そんな事などおかまいなしとばかりに、

「はいはい、どんどんやっていきますますよぉ！」

そう言うと、再び注射器を振り上げ、次の負傷している魔族のお尻に、

ブスッ！

豪快に突き刺していく。

「おほぉ！」

再び、悲鳴があがる。

そんなコケシュッティの後方では、巨大なスライム状の魔獣が、その体から無数に触手を伸ばし、ベリアンナが吹き飛ばした魔獣達を空中でキャッチし続けている。


――魔獣スライムポッチナー。

コケシュッティの配下の魔獣。体液にヒール効果があり、軽微な怪我の治療を行うことが出来る。

また、コケシュッティが治療した魔族を体内に取り込み、移送する事も出来る。

言葉はしゃべれないが、言語を理解することは出来る。


「おいおいコケシュッティ、魔王様の言う事をくっそ聞かねぇ魔族達なんざ、くっそ放っておけばいいじゃねぇか！」

最前線で大鎌を振るうベリアンナが声を張り上げる。

「あらあら、ベリアンナさんってば、魔王様にも言われたじゃないですか。怪我人はなるべく治療して連行するように、って」

コケシュッティが右手を頬にあて、にっこり微笑む。

「まぁ、確かにそうだけどよ。アタシは、くっそ手を抜く気はねぇからな！」

ベリアンナは苦笑しながらも再び大鎌を振るう。

「とりあえず、真っ二つにだけはしないでほしいですです」

「まぁ、くっそ出来たらな！」

その言葉に、吐き捨てるように返事をする。

（……くっそそれにしても……）

その視線を、自らの周囲へと向けていく。

視線の先、ベリアンナの左右には、彼女の部下である悪魔人族達の姿があった。

皆、武器を持って身構えてはいるものの、ベリアンナの後方に控え、自分から攻撃しようとする様子はまったく見られない。

そんな悪魔人族達に、

「ったく。くっそてめぇら！　アタシの部下なら、もっとくっそいいとこ見せねぇか！」

ベリアンナが怒声を張り上げる。

その声に、悪魔人族達は一斉にびくっと体を強張らせた。

「わ、わかってはおりますが……」

「べ、ベリアンナ様のようには……その……」

武器を構えはするものの、ベリアンナより前には出ようとしない。

その様子を横目で見ながら、舌打ちするベリアンナ。

（……ったく、アタシが戦ってみせているってのに、なんでくっそこいつらは、同じ事が出来ないんだ、ったく……）

ベリアンナが視線を悪魔人族から、襲撃してきた魔族達へ戻す。

「ったくよぉ！　今日はいつも以上にくっそ苛立っているから、覚悟しな！」

ベリアンナが再び、大鎌を振り上げる。

その全身から、すさまじい魔素が噴き出す。

その姿を前にした魔族達は、思わずその場で後ずさった。


……こうして。

この地で起きた魔族による人種族集落襲撃事件は、警邏中だったベリアンナ部隊により発生から数刻とかからずに鎮圧されたのであった。

◇とある街のとある街角◇

夜。

ただでさえ暗い街道を二本、裏に入ったとある街角。

その一角に石造り・四階建ての建物があった。

その中の一室。

窓から差し込んでいる星灯りが照らしている場所以外、部屋の中は暗闇に包まれていた。

部屋の中央に置かれた豪奢(ごうしゃ)な椅子に座る恰幅(かっぷく)の良い男は、苛立ったように貧乏ゆすりを繰り返していた。

「……おい、魔狐(まぎつね)姉妹」

葉巻をくゆらせながら、男が声をあげる。

男の声に、暗闇の中から二人の女が姿を現した。

金角狐(きんつの)、銀角狐(ぎんつの)の二人である。


——金角狐(きんつの)。

元魔王軍の有力魔族であった魔狐族の当主姉妹の姉で金色を好む。

魔狐族崩壊後、闇商売で協力関係にあった闇王と手を組み行動をともにしている。


——銀角狐(ぎんつの)。

元魔王軍の有力魔族であった魔狐族の当主姉妹の妹で銀色を好む。

魔狐族崩壊後、闇商売で協力関係にあった闇王と手を組み行動をともにしている。

「ど、どうしたコン、闇王様」

男の前で立ち止まった、金色でスリットの入ったチャイナドレスを身に着けている金角狐が、椅子に座っている男――闇王に返事をする。


――闇王。

元クライロード魔法国の国王であり姫女王の父。

悪事がばれ、国を追放された後、王在位時から裏で行っていた闇商売に活路を見出し闇王を名乗っている。


「どうしたもこうしたもねぇ」

ダン！　と、闇王が床を踏み鳴らす。

その様子を前に、ビクッと身を強張らせる魔狐姉妹の二人。

「わかってんだろう？　ゲリラ活動をやってる魔族の振りをして、辺境の町や村から金品を強奪し、あわよくば、侵略し、領土を得るっていう作戦はどうなってやがるんだ？　あ？」

声を荒げる闇王。

その言葉に、さらに身を強張らせる魔狐姉妹の二人。

「そ、それが……どういうわけか、魔王軍の奴らに邪魔をされまくっているコン……」

「し、しかも、正義の狼（おおかみ）の奴らもすぐに現れるココン。これじゃあ、金品を強奪する暇がないココン」

互いに身を寄せあいながら、闇王に状況説明をしていく魔狐姉妹の二人。

その言葉に、闇王は忌々しそうに舌打ちを繰り返す。

「ったく、この作戦は、お前たちの発案だろうが！　ワシの金だけを浪費しおって、なんの成果も得られないなぞ、許されないと心得よ！」

「は、はいコン」

「わかっているココン」

闇王に深々と一礼すると、我先にと部屋を後にする魔狐姉妹の二人。

その後ろ姿を、闇王は忌々しそうに睨（にら）みつけた。

（……ったく、役に立たない奴らだが、ワシの私兵よりは力があるし、無下にも出来ぬからな……）

そんな事を考えながら、舌打ちした。


闇王の部屋を出た魔狐姉妹の二人は、小走りに廊下を進んでいた。

「金角狐（きんつの）姉さん、あんな人種族に、あそこまで偉そうな態度をとらせていいココン？」

銀角狐（ぎんつの）が眉間にシワを寄せ、先を進んでいる金角狐（きんつの）に声をかける。

「確かに、あの男は、魔法の能力でも私たちには遠く及ばないコン……でもね、あいつは金を持ってるコン」

「じゃあ、金を奪ってしまえばいいココンでは……」

「闇商会は、あの男に万が一の事があった場合、地下に潜っていくと聞いているコン。だから、今は、あの男のために動いていると思わせておいて、引っ張れるだけ金を引っ張って、あわよくば、魔狐領の再興の手助けをさせるコン……」

「なるほど……それまでの辛抱ってことココンね」

「そういう事コン」

「そうと決まれば、早速新しい作戦を立てるココン」

「そうね、すぐに拠点に移動するコン」

そんな会話を交わしながら、魔狐姉妹の二人の姿は、夜の闇の中へと消えていった。

第二章 ホウタウ訓練場

◇ホウタウの街・フリース雑貨店◇

フリース雑貨店の隣に、定期魔導船の発着タワーがある。

そのタワーに、一隻の定期魔導船が着岸していく。


その定期魔導船の操舵室の中に、グレアニールの姿があった。


——グレアニール。

元魔王軍諜報部隊静かなる耳のメンバーである魔忍族。

魔王ゴウルと側近ウリミナスが魔王軍を辞めた際に、一緒に魔王軍を辞し、フリース雑貨店の一員となり、荷馬車や定期魔導船の運行を担っている。


前方を確認しながら、舵を操っていたグレアニールは、眼前のウインドウで接岸したことを確認し、安堵の息を漏らしていく。

「……定期魔導船の操舵を担当してずいぶんになりますが……荷物やお客の命を預かっていると考

えると、毎回緊張してしまう……」

一息つくと、手慣れた様子で舵の隣にあるパネルを操作する。

それに併せて、グレアニールの眼前に何枚ものウインドウが表示されていく。

定期魔導船の船体の破損状態の表示や、燃料である魔石の残量が表示され、定期魔導船の状態を確認出来る仕組みになっている。

グレアニールがウインドウを開き終わるのとほぼ同じタイミングで、その後方に別の魔忍族の女の子が姿を現した。

「リーダー殿、お疲れでござった」

「えぇ、引継ぎをよろしくお願いいたします」

挨拶を交わしながら、お互いに頭を下げる。

同時に、眼前のウインドウへ視線を向けると、

「では」

「うむ」

互いに、ウインドウを指さしていく。

「船体確認、問題なし」

「船体確認、問題なし」

「魔石残量、問題なし」

「魔石残量、問題なし」

同時に、ウインドウの内容を二人揃って声に出して確認し、ウインドウに表示されている内容の中に、運航に支障が出そうな内容が含まれていない事を二人がかりで確認する。

これは、定期魔導船の運航マニュアルで定められている安全確認であった。

万が一にも、運航中に事故が発生しないようにと、操舵手が交代する際に、運航してきた者とこれから運航する者の二人がかりで、船の状態を確認する決まりになっているのである。

「以上で、ウインドウのチェックは終了でござるな」

「えぇ、以上でございます……あ、天候についてですが、カルゴーシ海岸に向かうあたりで、大きな雲を視認したゆえに……」

「と、いうことは……雷に注意でござるな」

「フリオ様の魔法保護防壁が施されているゆえに、問題ないとは思いますが、念には念を入れてくださいませ」

「了解したでござる」

そんな会話を終えると、グレアニールは舵の横にあるタッチパネルから打ち出された木の板を手に取り、出口へと向かっていく。

「では、お疲れでござった」

「では、お気を付けて」

右手の人差し指と中指二本を伸ばし、敬礼の要領で額にあてがう魔忍族特有の挨拶を交わす。

その後、グレアニールは関係者用の出入口を通り、フリース雑貨店の裏、荷卸場へ向かっていく。

（……なんというか、魔忍族はござる口調で話すなどと、どこの誰が決めたのでござろうか……フリオ殿に言われて、はっとしたでござ……いえ、したのですが……どこか無理をしていた自覚がございますし……何より、ゴザル様の名前を連呼しているようで気がひけてしまいます……まぁ、でも、下の者達は今もござる口調の者が多いのですが……）

腕組みをし、ブツブツと呟きながら歩いていく。

組んでいた腕を解き、右手でウインドウを表示した。

（……さて、後は運航記録を、提出すれば、今日のお仕事は終わりでございますね）

ウインドウに記録してある自分の予定を確認したグレアニールはウインドウを閉じ、その足でフリース雑貨店の中へ向かう。

そこに、

「やぁ、グレアニール」

グレアニールを呼び止める声が聞こえてきた。

振り返ると、そこにはフリオの姿があった。

「これはフリオ殿。お疲れ様でございます」

一度気を付けの姿勢をとったグレアニールは、その場で片膝をついて挨拶をする。

そんなグレアニールを前に、フリオは思わず苦笑した。

「グレアニール、前にも言ったけどさ、ここはもう魔王軍じゃないんだし、そんなに堅苦しい挨拶はしなくてもいいからさ」

「いえ、雇用主であるフリオ様には、我々魔忍族一同、魔王軍を辞めた際に、一人も欠けることなく雇用していただいた御恩がありますゆえ」

「それに関しても、逆にお店の手伝いをしてもらったおかげですごく助かっているんだから、むしろ僕の方からお礼を言いたいくらいだよ」

「い、いやしかし……」

「いや、でもさ……」

そんな二人のやり取りがしばし続いた後……。

「ま、まぁ、挨拶の件は改めて相談って、事で……それよりも、今、お店に入ろうとしていたのは、今日の定期魔導船の運航記録を提出するためだったんじゃない？」

フリオがグレアニールが左手に持っている木の板を指さす。

すでに立ち上がっていたグレアニールは、反射的に木の札を体の後ろに隠した。

「よかったら、僕がここでもらっておくよ」

「え？……い、いえ……フリオ様のお手を煩わせなくても、これくらい……」

「そんなに堅苦しく考えなくてもいいよ。僕も店内に用事があるから、ついでだしね」

改めて、笑顔で右手を差し出す。

「そ、そうでございますか……そ、そこまで言っていただけるのでございましたら……」

そんなフリオを前にして、もじもじしていたグレアニールは、体の後ろに隠していた木の札をおずおずと差し出していく。

「じゃあ、これ、記録しておくね。今日もお疲れ様」

笑顔で右手をあげたフリオは、そのまま店の中へと向かっていった。

その様子を、グレアニールは一礼しながら見送った。

「お、グレアニールではないか」

そこに、今度はゴザルが歩み寄ってくる。

「これは、ゴザル様」

そんなゴザルに、グレアニールは再び片膝をついて頭を下げる。

「何かこのグレアニールにご用事でございましょうか？」

「うむ、お主達静かなる耳の者たちのことで話があるのだが、ここではちとまずいゆえに、応接室まで同行願えるか？」

「はい、わかりました」

ゴザルの言葉を受けて、立ち上がったグレアニールは、店の中へ向かって歩いていくゴザルの後ろについて店内に入っていく。

「おぉ、そうだ。この件はフリオ殿にも関係しているゆえに、同席してもらえぬか？」

「僕もですか？　えぇ、少し用事がありますので、それが済み次第でも大丈夫ですか？」

「あぁ、構わぬ」

「わかりました。応接室ですね」

そこで、応接室に向かうゴザルとグレアニール、店内へ向かうフリオの二組に分かれていった。

◇ホウタウの街・フリース雑貨店・応接室◇

「お待たせしました」

ゴザルとグレアニールが待つ部屋に、フリオが入ってくる。

「フリオ殿よ、用事の方はもういいのか？」

「えぇ、大丈夫です。ちょっと珍しい品物が持ち込まれたと聞いて、見てきただけですから」

「ほう、珍しい品物とな？」

「えぇ、金色の魔獣の鱗(うろこ)だったのですが、スキルで鑑定してみたら、なんでも双頭鳥(そうとうちょう)という珍しい魔獣の鱗だったみたいでして」

「ほう、双頭鳥か。確かにそれは珍しいな。魔王領でも滅多に見なかったな……」

（……いや、確か私が魔王であった時の四天王の一人、フギー・ムギーが、その種族だったはずだが……）

「……ちなみに、フリオ殿よ、その鱗を持ち込んだのは、男性であったか？」

「いえ、女性の行商人の方でしたよ」

（……うむ、やはりあの者が売りに来るはずもないか……）

フリオの言葉に、ゴザルは思わず苦笑する。

「何かありましたか？」

「いや、なんでもない、気にしないでくれ……それよりも」

その視線を、改めてグレアニールへと向ける。

「グレアニールよ」

「は、ゴザル様」

「お主達、元静かなる耳の者達は輸送担当として各地に出向いているはずだが、その際に、人種族の町や村が魔族達によって襲われていた際、正義の狼として救援活動を行っているか？」


正義の狼。

魔王軍とクライロード魔法国軍の間に、休戦協定が結ばれていなかった頃。

クライロード魔法国軍の手が回らない、辺境の地にあるクライロード魔法国の集落の人々を守るために狼の仮面を被ったフリオが、牙狼姿のリースに騎乗し、追い払ったのが始まりである。

その後、休戦協定が結ばれるまでの間、ゴザルやスレイプ達も狼の仮面を被り、フリオの手助けをしていた時期があったのである。

「はい。休戦協定が結ばれている関係で、大規模な襲撃はございませんが、時折、よからぬ行為を行っている魔獣達に出くわすことがあり、その際には、このマスクを被って魔族達を蹴散らしております」

グレアニールは、腰に着けている魔法袋から狼のマスクを取り出し、応接室の机上に置いた。

それは、茶色に染め上げられている狼のマスクであった。

「……あの、何か不手際でもございましたでしょうか？　私たちといたしましては、相互協力を密にし、魔族達の動きを把握し、その撃退に努めているのでありますが……」

グレアニールが心配そうな表情を浮かべる。

そんなグレアニールに、ゴザルは、

「いや、すまんすまん。誤解を与えてしまったようだな」

そう言って、右手を後頭部にあてながら、苦笑した。

その隣に腰を下ろしているフリオも、その顔に苦笑を浮かべている。

「そうじゃないんだよ、グレアニール。君たちが行ってくれた正義の狼の活動に対しても報酬を支払おうと思って、ゴザルさんと相談していたんだけど……」

魔法袋からそろばんを取り出し、珠をパチパチとはじいていく。

「とりあえず、一回の出動に対して、これくらい支払おうと思っているんだけど、どうかな？」

フリオに言われて、差し出されたそろばんを覗き込む。

「え……えぇ!?　こ、こんなに頂けるのでございますかぁ!?」

思わず立ち上がって目を丸くし、大きな声をあげた。

いつもクールで冷静なグレアニールが、ここまで取り乱すのは非常に珍しい。

提示された金額が、グレアニールの想像を凌駕していたのである。

「これからも、正義の狼としての活動を行った人には、手当を支給するから、遠慮なく申し出てよ」

「い、いや……でも……こ、これくらいの事で……このような報酬を頂くわけには……」

「何を言うか、グレアニールよ。お主達が正義の狼として活動してくれるおかげで、私やフリオ殿も、フリース雑貨店の仕事に集中出来ているのだ」

「ゴザルさんの言うとおりです。グレアニール達のおかげで本当に助かっているんですよ」

ゴザルとフリオは、交互にグレアニール達の行動を褒めたたえる。

その言葉を前にして、最初は金額に驚いていたグレアニールだが、徐々に褒められる事に対する照れ隠しらしく、頭に巻いているターバンを無理やり下げ、それで顔を隠すようにしながら、

「し、しょんなことは……し、しょの……ないといいましゅか……お、お二人のお役に立てているだけで、嬉しいといいましゅか……」

声を裏返らせ、同時に噛みまくりながら、どうにかこうにか返す。


しばらく、グレアニールの羞恥プレイは続いた。

なんとかグレアニールも納得し、

「で、ではありがたく……責任を持って該当者に分配いたします」

フリオから差し出された報酬を受け取り、深々と頭を下げる。

金貨の詰まった袋を、まじまじと見つめていたグレアニールは、

「……あ、あの……フリオ様にお願いがあるのですが」

「うん？　なんだい」

「……その……実は、私には妹がおりまして、今は、里で暮らしているのでございますが……」

「ふむ、グレアニールの里というと、東方にある日出国に近いところであったか」

「ゴザル様、そのとおりでございます。拙者が魔王軍に所属した際には、まだ幼少だったゆえに、里へ置いてきたのでございますが……皆様のおかげで収入も安定しておりますし、この機会に、その妹をここへ呼び寄せて、もしよろしければフリース雑貨店の入店試験を受けさせていただければ、と……」

言いにくそうに、言葉を絞り出す。

(……ここ、フリース雑貨店は、今では大店舗。ゆえに、入店希望者が日々たくさん応募してこられているとお聞きしておりますが……)

内心でそんな事を考えていたグレアニールに対し、

フリオはいつもの飄々(ひょうひょう)とした笑みで即座に頷(うなず)き、承諾する。

「うん、いいよ」

「……へ?」

あまりにもあっさり承諾されたため、グレアニールは拍子抜けした表情を浮かべていた。

「……あ、あの……よろしいのでございますか?」

「もちろん、入店試験は受けてもらうけど、働き者のグレアニールの妹なんだから、ほぼ入店決定と思ってくれてかまわないよ」

「うむ、魔忍族は忠義に厚く、任務遂行能力に長(た)けており、幼少の頃から里で訓練を受けており、様々な技術を身に付けてもいる。私からも、太鼓判を押させてもらおう」

「確かに、魔忍族の皆さんの仕事ぶりはすごいですもんね。いつも集合の十分前には来てくださるし、お願いした仕事も常に期日前に仕上げてくださるし……」

「うむ、特にこのグレアニールは、そんな魔忍族の中でも群を抜いて有能でな……」

いつしか、フリオとゴザルの会話は、グレアニールの妹の話から、いかに魔忍族が素晴らしいかという内容に変わっていき、さらに、いかにグレアニールが優秀かという内容に変化していった。

そんな二人の会話を前にして、グレアニールは、ソファの上で体育座り状態で、体を小さく丸くし、プルプルと小刻みに震わせ続けていた。

（……い、いや……あにょ……そ、そんな……拙者なんてそんにゃに……あの……もう、勘弁していただきたいでしゅ……）

そんなグレアニールを前にしたまま、フリオとゴザルの会話はもうしばらく続いていったのだった。

◇ホウタウの街・ホウタウ訓練場◇

翌朝。

クライロード魔法国の西の国境に接しているホウタウの街には、西方国家へ延びている主要な街道があり、その街道を中心として繁栄してきた歴史がある。

必然的に、街道から離れれば離れるほど、賑わいは遠のいていく。

そんな、街道から離れた街のはずれ。

その一角に、フリース雑貨店は、店舗を構えていた。

かつては、ホウタウの街のはずれであり、人気の少ない寂れた一角だった。

しかし、今ではフリース雑貨店を中心に、定期魔導船発着場や、魔獣レース場などが併設され、毎日多くの人々で賑わっており、訪れる人はいつしかホウタウの街の中心よりも多くなっていたのであった。


そんなフリース雑貨店だが、夜が明けてすぐの今は、街道にもほとんど人影はなかった。

定期魔導船の第一便が出発するまでまだ時間があり、フリース雑貨店などの店舗も開店前とあっては、それも当然と言えた。

そんなフリース雑貨店の近く、とある建物の前にゴザルの姿があった。

「……ふむ」

腕組みをしたまま、眼前に表示されているウインドウを見つめている。

ウインドウには、建物の内部構造が表示されていた。

「そうだな……ここをもう少し……」

ゴザルが指を細かく動かす度に、建物の内部に木材や石材などが運び込まれていく。

同時に、建物の中で作業が行われる音が響く。

作業中も変わらずウインドウをジッと見つめている。

「ゴザル様」

そんなゴザルの後方に、グレアニールが姿を現した。

ゴザルの後方で片膝をついて頭を下げる。

その後方には、グレアニールの部下である魔忍族達が、同様に片膝をつき頭を下げている。


グレアニール達は、定期魔導船と荷馬車隊の運行を任されており、定期魔導船の発着準備をしていたところで、作業をしているゴザルを発見し、慌ててはせ参じていたのであった。


「グレアニールではないか。私に何か用か？」

「ゴザル様のお姿が見えましたので、まずは昨日の御礼をと思い……」

「あぁ、その事なら気にするでない」

グレアニールの言葉に、ゴザルは豪快に笑い声をあげた。

その言葉に、片膝をついたまま頭を下げ続ける。

「御礼とは別に、何かお手伝いを出来ればと思いはせ参じた次第でございます……我らに何なりとお申し付けください」

そう言うと、素早く立ち上がり、ゴザルの後方へ移動する。

他の魔忍族達も、その周囲に集まっていく。

皆、すぐにでも作業を行える態勢を整えている。

ゴザルは、そんなグレアニール達へ視線を向けると、

「なぁに、訓練場の内装をちょっといじっていただけだ。これくらい私一人で十分だし、もうじき終わる。それよりも……」

グレアニールの頭に、自らの右手を乗せた。

「わざわざ作業の手を止めさせてしまい、申し訳なかった。さぁ、皆、作業に戻るがよい」

ゴザルはその顔に笑みを浮かべながら、一同を見回す。

「そ、そういうことでございましたら……」

深々と頭を下げると、ゴザルの言葉に従い、元の作業へ戻ろうとする。

「……そういえば、グレアニールよ」

思い出したようにゴザルがそれを呼び止めた。

「は、何か？」

「うむ、昨日言っておった、お主の妹だが、いつこちらにやってくるのだ？」

「は、昨日のうちに書状をしたため、日出国への定期魔導船に託しましたゆえ、早ければ明日にでも……あの、何か？」

「いや、なんでもない……それよりも、早く姉妹一緒に暮らせるようになるとよいな」

笑顔で再びグレアニールの頭に手を乗せた。

「あ、ありがたきお言葉……感謝の極みにございます……」

その言葉に、大きく見開かれたグレアニールの瞳に、みるみるうちに涙が溜まっていく。

それをさとられないようにするためか、頭を下げ、頭に巻いているターバンの端を目元にあてた。

「で、では……拙者達はこれにて……」

「うむ、今日もしっかり頼むぞ」

「は！」

ゴザルの言葉に改めて一礼すると、グレアニールを先頭にした魔忍族達の姿は、即座に消え去った。

「魔忍族特有の脚力があって、はじめて行える超速移動か……あの者達は、身体能力もすごいからな」

先ほどまで、グレアニール達がいたあたりを見つめながら、満足そうに頷く。

「……しかし……兄弟か……」

腕組みをし、何事か思案しはじめる。

（……そういえば、アイツともずいぶん会っていなかったな……）

そんな事を考えているゴザルの、服の裾が不意に引っ張られた。

ゴザルがそちらへ視線を向けると、そこには小柄な女の子が立っていた。

「ねぇねぇ、ムラーナのお仕事、終わったよ。次は？　次は？」

その女の子――ムラーナは、もこもこのロングヘアを揺らしながら、ゴザルに向かってぴょんぴょんと飛び跳ねている。

その後方には、ムラーナが召喚した魔獣モドキ達が、ムラーナの真似をするように、その後方でぴょんぴょんと飛び跳ねている。

土偶のようにのっぺりとした容姿の魔獣モドキ達が、ムラーナと一緒に飛び跳ねている様子は、どこかほのぼのとした雰囲気を作り上げていた。

「うむ、作業をお願いしていた建物の周囲の改修が終わったか」

「うんうん！　ムラーナ、頑張ったよ！」

そう言うと、ムラーナは自分の頭をゴザルに向かってぐりぐりと押し付ける。

その様子は、まるで幼い子供が、

『ほめてほめて』

と、甘えているかのようだった。

「まったく。お前は子供という年齢ではないであろう」

ゴザルは苦笑しながらも、ムラーナの頭を優しく撫でる。

「むふふふふ～」

その手にさらに頭を押し付けながら、ムラーナは気持ちよさそうな表情を浮かべる。

その後方では、撫でられていないはずの魔獣モドキ達までもが、ムラーナと同じように頬を上気させ、ぽややんとした様子をとっていた。

◇同時刻・フリース雑貨店に続いている街道◇

ゴザルの周囲で繰り広げられている癒しの空間を目の前にしたスノーリトルは、目を丸くしていた。


――スノーリトル。

ガリルの同級生だった女の子。

稀少(きしょう)種属である御伽(おとぎ)族の女の子で召喚魔法を得意にしている。

サリーナ同様ガリルにほのかな恋心を抱いており、ホウタウ魔法学校を卒業後、フリース雑貨店に就職している。


通勤途中だった私服のスノーリトルは、その場で足を止め、ゴザルとムラーナ、そして魔獣モドキ達の様子に、完全に視線が釘付(くぎづ)けになっていた。

(……な、なんということでしょうか……大きくて厳(いか)ついゴザルさんに、小柄で可愛(かわい)らしいムラーナさんがじゃれているだけでも可愛いすぎててほんわかしてしまうというのに、その後方で、ムラーナさんの真似をしている魔獣モドキさん達の姿が、可愛すぎて、可愛すぎて……あぁ、今日が早出出勤の日で本当に……本当によかったですぅ）

興奮のあまり顔を真っ赤にし、両手で口元を押さえながら街道に立ち尽くしていた。

◇クライロード城内・会議室◇

会議室の中には、クライロード魔法国の大臣達がズラリと並んで座っており、上座に正装した姫女王が座っていた。

（今日の定例会も、いつもの魔族の襲撃に関する報告こそあったものの、どれも被害は軽微、魔族はすべて撃退されたとのこと……他は、他国との情報交換……）

会議資料に目を通しながら、小さく息を吐き出す。

その左後方に立っている第三王女は、

「……と、いうわけで、国内の情勢に関する報告を終わりますわん」

内政に関する報告を終え、ペコリと頭を下げる。

——第三王女。

姫女王の二番目の妹で、本名はスワン・クライロード。

姫女王の片腕として、貴族学校を卒業して間もないながらも主に内政面を任されている。

姫女王の事をこよなく愛しているシスコンでもあり、リルナーザととても仲良しでもある。

第三王女の報告を聞き終えた大臣達は、しばしざわつきはじめる。

もっとも、皆笑みを浮かべており深刻な様子はみじんも感じられない。

それほど、第三王女の報告内容は、クライロード魔法国内の内需事情が好転していることを表していたのであった。

ざわつきこそするものの、特に挙手をして質問をする者はいなかった。

姫女王の右後ろに立って、司会役を務めている第二王女は、そんな会場内をしばらく見回していた。


——第二王女。

姫女王の一番目の妹で、本名はルーソック・クライロード。

姫女王の片腕として、魔王軍と交戦状態だったクライロード王時代から外交を担当し、他の人種族国家と話し合いを行っていた。

ざっくばらんな性格で、普段は姫女王にもフランクに話しかける。

（……まぁ、国内・国外ともに大きな問題はなし……現体制に対する否定派達も、文句を言える材料はないだろうしね）

第二王女の視線の先には、奥の席に並んで座っている大臣の一団だった。

その一団は、どこか忌々しそうな表情をその顔に浮かべながら、舌打ちを繰り返していた。

（……否定派の奴(やつ)らってば、第三王女が執務に関わりはじめた時にも、

『こんな若輩者に内政だけとはいえ、国の舵取(かじと)りを任せるなど言語道断』

とか言って、事あるごとに文句を繰り返し続けていたくせに、第三王女の報告が毎回完璧で非の打ちどころがないもんだから、だんだん何も言えなくなってきて、今じゃああやって、隅っこで舌打ちするくらいしか出来なくなっているんだよね。

まぁ、あいつらはもともと前クライロード王時代にろくに仕事が出来ないくせに、おべんちゃらと賄賂で要職についていたやつらだし、名ばかりの大臣の座に追いやられているのも当然だしね。

ま、任期が終わるまではそこにいなって）

第二王女は内心でそんな事を考えながら、笑いを噛み殺していた。

「……ごほん。えー、質疑も特にないようですので、今朝の会議はこれで終わりといたします。皆様、ご苦労様でした」

第二王女が恭しく一礼する。

姫女王も起立し、頭を下げた。

それに呼応して、大臣たちも皆起立し、頭を下げていった。


姫女王・第二王女・第三王女の三人は会議室を後にし、王族専用の通路を進んでいた。

「第三王女、今日もたくさん資料を準備していたようですが、少し持ちましょうか？」

書類の束を抱えている第三王女に、姫女王が笑顔で声をかける。

その言葉に、

「だだだ大丈夫ですわん。これは、ちょっと後で確認しておきたい内容があった書類ですわん。他の書類は魔法袋に入れておりますので問題ありませんわん」

第三王女は大きく頭を左右に振った。

「くれぐれも無理しないでくださいね、第三王女」

第三王女に、にっこり笑顔を向ける。

そんな姫女王の横顔を、第二王女は隣から見つめていた。

（……第三王女に気を使っているけど……姫女王姉さんってば、今日は結構化粧が濃いよね……これって、顔色が悪いのを隠しているってことか……先日は少し調子がよさそう……というか、妙にハイテンションな時があったけど、あれも一時的だったみたいだし……）

そんな事を考えながら、顎に手をあてて考え込む。

（……心配性の姫女王姉さんの事だから、いろんな事をあれこれ考え過ぎて眠れなくなっているんだろうな……さて、どうしたものか……）

そんな事を考えながら、姫女王の少し後を歩いていた。

そのまま、しばらくの間思案を続けていた第二王女は、

（……待てよ）

その場で、足を止めた。

（……そういえば、ホウタウの街のフリース雑貨店から、施設の一部リニューアルのお知らせが届いていたけど……）

「……そうね、これを上手く使えば」

第二王女が小さく呟く。

「第二王女？」

不意に、姫女王に呼ばれ、ハッとして顔をあげる。

思案に集中し過ぎたためか、いつの間にか足を止めてしまい、姫女王と第三王女から置いてけぼりになっていた。

「第二王女お姉さま、何かありましたのん？」

「あ、いやいや、なんでもないんだよ、なんでも……」

苦笑しながら、慌てた様子で二人の元に駆け寄る。

（……思い返せば、あのクソおやじが王位についていた時に、姫女王姉さんは、前面に立ちはだかって、私と第三王女の事を守ってくれたんだもんな……こういう時こそ、少しでも恩返ししておかないと……）

第二王女は笑みが浮かんでいる口元を右手で押さえながら、姫女王と第三王女の間に入る。

三人は、和気あいあいと会話を交わしながら廊下を歩いていった。

◇ホウタウの街・ホウタウ魔法学校・校長室◇

ホウタウ魔法学校。

その一階にある校長室の中に、ニートの姿があった。

――ニート。

魔王ゴウル時代の四天王の一人、蛇姫(へびひめ)ヨルミニートが人族の姿に変化した姿。

魔王軍脱退後、あれこれあった後に請われてホウタウ魔法学校の校長に就任している。

校長席に座り、書類に目を通している。

本来は上半身が魔族・下半身が蛇の姿であるニートだが、今は青く長い髪が印象的な人種族の姿に変化しており、右目に片眼鏡(モノクル)を着け書類に目を通していた。

コンコン。


部屋のドアがノックされた。

「どうぞ」

ニートがドアに向かって声をかける。

その声を受けて校長室のドアが開き、タクライドが室内に入ってくる。


――タクライド。

ホウタウ魔法学校の事務員をしている人種族の男。

学校事務に加えて、校内清掃・修繕・保護者への連絡・外部との折衝などホウタウ魔法学校のほぼすべての業務を担っている。

「お疲れ様です、ニート校長」

笑顔のタクライドに対し、

「えぇ、ほんとにお疲れよねぇ」

ニートは、心底やれやれといった表情でため息を漏らす。

「あれ？　お疲れですか、ニート校長？」

「そりゃ、疲れもするんじゃないかしらねぇ？　朝一からこれだけの書類に目を通さなきゃならないんだからねぇ」

再びため息を漏らし、机の一角を指さす。

そこには『決裁箱』と書かれている木箱が置かれていた。

箱といっても、高さはなく、真ん中に間仕切りが設けられており、その右側に『決裁済』、左側に『未決裁』と書かれた札があるのだが、未決裁側には書類が山積みになっている。

「これでも、朝から今までずっと処理していたのにねぇ……一向に減る気がしないのよねぇ」

三度、ニートは大きなため息を漏らす。

そんなニートに、

「あはは、そうは言いましてもですねぇ、ウチの学校は、クライロード城からかなり離れた辺境にありますし、そのせいで、ここいらの地方に住んでいる子供達が、みんなウチに通ってきていますからねぇ。生徒数が多い分、処理しなきゃいけない事も多くなっているわけですから」

相変わらず、満面の笑みを浮かべたまま、明るい声で、話しかける。

「……そうよねぇ……なんであの時、アタシは、ここの校長なんて引き受けたのかしらねぇ……」

「僕としましては、ニート校長をスカウト出来たのは僕的人生のクライマックスシーン、ベストストーリーに入る名場面だったと自負しているんですけどね」

　楽しそうに笑うタクライド。

　その言葉に、ニートは眉間にシワを寄せ、露骨に嫌そうな表情を浮かべる。

「どこかの偽物勇者が口にしそうなセリフは言わないでほしいのよねぇ……で？」

　手に持っていた書類を机上に置き、片眼鏡（モノクル）を外す。

「何の用かしら、タクライド？」

「あ、はい。前にお知らせしていたと思うのですが、定期魔導船の学生割引と通学証明に関する契約の件で、フリース雑貨店のフリオ店長がお見えになってまして」

「あぁ、そういえば、近いうちに、購買の搬入の後に打ち合せにお邪魔するって、言ってたわねぇ」

「そんなわけで、お通ししてもよろしいですか？」

　タクライドの言葉を受けて、ニーとは大きく息を吐きだしながら立ち上がった。

「えぇ、すぐにお通ししなさいよねぇ。お待たせするのは申し訳ないからねぇ」

「わかりました。では、早速」

　ニートの言葉に、タクライドは出入口に小走りで向かった。

◇同時刻・ホウタウ魔法学校・購買◇

ホウタウ魔法学校の中央付近。

そこに、購買兼寄宿舎の建物がある。

ホウタウ魔法学校は、辺境の学校とは思えないほど、多くの生徒が通っており、中には家から学校までの距離がありすぎるために、寄宿舎を利用している生徒も多い。

ちなみに、ホウタウ魔法学校の購買と寄宿舎は、フリース雑貨店が経営を任されており、生徒に昼食を提供する食堂業務、生徒に文房具や体操服などを提供する購買業務、二階以上の寄宿舎に入舎している生徒の夕食提供・トラブル対応などを行う寄宿舎業務などを、交代制で常勤している店員が対応を任されている。


そんな購買の中。

「……うんしょ……うんしょ」

食堂の端に設けられている店員の宿泊部屋の中に、木箱を運び込んでいくアイリステイル。


——アイリステイル。

ガリルの同級生だった女の子。

卒業後、フリース雑貨店に入店し、ホウタウ魔法学校の購買勤務になっている。

悪魔人族で、ぬいぐるみを通じてでないと会話が出来ない恥ずかしがり屋。

姉は、現魔王軍四天王の一人ベリアンナだが、それは秘密にしている。

多分に漏れず、いまだにガリルに恋心を抱いている。


フリース雑貨店に入店したアイリステイルは、先ほどフリオが搬入したばかりの、商品が詰まっている木箱を部屋の端へ移動させている。

「これをこっちに……これはあっちに……」

若干動きは遅いものの、手慣れた様子で荷物を仕分けしていく。

その時、

「アイリステイル、くっそ元気にしてたか？」

窓から、アイリステイルを呼ぶ声が聞こえてくる。

その声に、アイリステイルは表情を輝かせながら振り向いた。

その視線の先、窓の外にはベリアンナが立っていた。

人種族の姿に変化しているベリアンナは、ニカッと笑みを浮かべながら、アイリステイルに右手を振っている。

「ベリアンナ姉さん！」

アイリステイルはそんなベリアンナに笑みを浮かべながら駆け寄っていく。

同じ悪魔人族の姉妹である二人。

しかし、悪魔人族を母に持つベリアンナと、人種族を母に持つアイリステイル。

父も、二人の母親も早くに亡くしており、ベリアンナが親代わりとしてアイリステイルの面倒をみてきていた。

アイリステイルは、半分とはいえ人種族の血が入っているため、魔族達からのいじめを心配したアイリステイルは、亜人や魔王軍を離れた魔族の子供達も受け入れていたホウタウ魔法学校に入学させ、時折様子を見に来る日々を送っていた。

それは、アイリステイルがホウタウ魔法学校を卒業し、フリース雑貨店に就職した今も続いていた。


部屋にあがり、ベリアンナはソファに腰を下ろす。

「で、最近はくっそどうだい？　何か変わったことはなかったかい？」

アイリステイルが準備した紅茶を口に運ぶ。

そんなベリアンナに、その隣に座っているアイリステイルは、

「うん……全然問題ない。みんないい人だから、毎日とっても楽しいよ」

にっこり笑みを浮かべ、自らも紅茶を口に運ぶ。

極度の人見知りであるアイリステイルは、口元をぬいぐるみで隠し、腹話術よろしくぬいぐるみの口をパクパクさせながらでないと会話することが出来ないでいたが、姉であるベリアンナの前では、ぬいぐるみを使うこともなく、ごくごく普通な様子で言葉を口にしていた。


そんなベリアンナの様子に、ベリアンナは思わず笑顔になる。

(……くっそよかった……この学校に、アイリステイルの事をくっそ任せてよ)

そんな事を考えているベリアンナに対し、アイリステイルは、不意にその顔を凝視する。

顔をベリアンナに近づけ、その目をまっすぐ見つめる。

「……そういう、ベリアンナ姉さんはどうなの？　何か悩んでない？」

「う……」

アイリステイルの言葉に、思わず視線を逸らした。

(……そうだった……こいつは、目を見ることで、相手のくっそ心理状態を読み取るくっそスキルを持ってるんだった)

「あ、いや……別に大したことじゃないから……」

ベリアンナはどうにかしてごまかそうとする。

しかし、そんなベリアンナに、アイリステイルはさらに顔を寄せた。

「……じー……」

「あ、いや……だから……」

「……じー……」

「そ、そんなに大したことじゃ……」

「……じー……」

「……」

必死になってごまかそうとしていたベリアンナだったが、アイリステイルに見つめ続けられた結果、

「……はぁ……くっそわかったよ……」

一度大きく息を吐き出すと、降参とばかりに両手を上にあげ、アイリステイルへ向き直った。

（……念のために、くっそ音声遮断をしておくか……）

右手の人差し指を一振りすると、ベリアンナとアイリステイルの周辺に青い魔法壁が出現する。

音声遮断壁。

この壁で覆われた空間の中にいれば、外に声が漏れないだけでなく、魔法による盗聴も遮断出来るのである。

「いやさ……アタシもさ、まがりなりにも四天王じゃん。最近は新しいくっそ部下も増えてさ、そのくっそ育成も担当しているわけ……」

大きく息を吐き出し、がっくりと肩を落とす。

「……でもさぁ……これが全然上手くいかねぇ……っていうか、新人のやつらときたらどいつもこいつもくっそ臆病で、一向に前に出ようとしねぇし、くっそ貧相で、攻撃しても反撃くらってばっかだし、くっそ脆弱で、すぐにやられて撤退するし……っていうか、くっそ実践経験を積ませてやろうと思って、くっそ反乱魔族討伐に連れていってやっているってのに、全然成長しやしねぇ……」

頭を抱え、再び大きなため息を漏らす。

アイリステイルは、その話をうんうんと頷きながら聞いていた。

「……ベリアンナ姉さん、大変だね」

「そうなんだ……くっそわかってくれるか、アイリステイル……」

弱気な声を漏らしながら、アイリステイルの膝の上に倒れ込む。

魔王軍四天王の一人として、ベリアンナは常に強気な姿勢で、弱音を一切口にすることなく、大鎌を振るいまくっている。

ここが、魔王城から遠く離れたクライロード魔法国領であり、実の妹と二人きりだからこそ見せた、彼女の素の姿であった。

「アイリステイルは、戦闘のことはよくわからないけど、ベリアンナ姉さんはいつも頑張っているよ」

にっこり微笑(ほほえ)みながら、ベリアンナの頭を撫でる。

「くっそありがとう、アイリステイル……でもさぁ……こんな時にさぁ……アタシの尊敬する、ウルフジャスティス様だったら……どう対処するんだろうなぁ……」

そんな言葉を口にしながら、ベリアンナはアイリステイルの太ももに顔を埋(うず)める。

その時だった。

「……あのぉ……ちょっとお邪魔してもいいかな?」

そんな二人に、声がかけられた。

ハッとして、顔をあげるベリアンナ。

先ほどまでの弱気な表情とはうってかわり、口元を引き締め、強気な表情を作り出す。

(……くっそ音声遮断壁を展開していたから、アタシとアイリステイルの会話は聞かれていないはず……くっそ購買の客か?)

　ベリアンナが、声の主へ顔を向けると、

「あ、フリオ店長」

　先に、アイリステイルが声の主へ声をかける。

「フリオ店長?」

　困惑した表情のベリアンナの隣で、お気に入りのぬいぐるみを口元にあてたアイリステイルは、

「『うん、この人がフリース雑貨店の店長で、私の雇用主のフリオ店長だよ』って、アイリステイルも言っているんだゴルァ」

　ぬいぐるみの口をパクパクさせながら、腹話術よろしく言葉を発していく。


　ぬいぐるみなしで話が出来る相手は、今もベリアンナだけ、というアイリステイルであった。


「あ、そ、そうですか……いつもアイリステイルが、くっそお世話になってます」

　慌てて立ち上がり、部屋の入口に立っているフリオに向かって頭を下げるベリアンナ。

「あぁ、いえ。こちらこそ、アイリステイルさんにはいつもお世話になっています。彼女はいつも一生懸命働いてくれていますので、本当に助かっているんですよ」

　いつもの飄々とした笑みで、二人の元へ歩み寄っていくフリオ。

「い、いや……そ、そりゃあ、アイリステイルは、くっそしっかり者だしね。アタシの自慢の妹だしさ……」

ベリアンナはアイリステイルの事を褒められたのがよほど嬉しいのか、デレッとした笑顔を浮かべながら体をくねらせる。

そんなベリアンナに、フリオは、

「それで……ニート校長との話が終わって帰る途中に、二人の会話が聞こえちゃってさ……」

魔法袋から取り出した一枚の紙を、ベリアンナに手渡す。

それを受け取ったベリアンナは、紙に目を通していく。

「……ホウタウ訓練場、リニューアル……？」

「そうなんだ。実は、以前から試験的に営業していた冒険者用の訓練施設が思いのほか好評でね、新しく高難易度の訓練場を増設したんだ。君の部下たちの訓練に、どうかと思ってさ。よかったら検討してみてくれないかな」

いつもの飄々とした笑みで、ベリアンナへ話しかけたフリオは、

「用件はそれだけだから。じゃあ、姉妹二人の会話を邪魔してごめんね」

そう言うと、足早に部屋を後にしていった。

その後ろ姿を見送ったベリアンナは、次いで紙へ視線を戻した。

「……確かに、この施設は、あのくっそ部下共のくっそ訓練には最適というか……いいんじゃね、

これ……」

ベリアンナは内容を確認しながら何度も頷く。

その頷きがピタッと止まり、ハッとした表情を浮かべた。

「……ちょっと待て……あの店長……まさか、アタシたちの会話が聞こえていたのか？　音声遮断防壁を展開していたのにか？」

目を丸くしたまま、フリオが出て行ったドアを、ベリアンナは見つめ続けていた。

部屋の外。

フリオは校門へ向かって歩いていた。

（……口を出すのはどうかと思ったけど……ウルフジャスティスの名前を出されたら、放っておけないというか……いや、やっぱり余計な事だったかな……）

苦笑し、後頭部に手をあてる。

ウルフジャスティス。

それは、正義の狼として魔王軍を撃退していたフリオが、狼のマスクを被っていた際に名乗っていた偽名である。

魔獣化したリースに騎乗し、魔族達を殺すことなく撤退させていった圧倒的魔力を前にして、『力こそ正義』との思考が強い魔族の間では伝説と言われ、敵でありながら神のように崇め奉られている存在となっていたのである。

フリオがそんな事を考えていると、

「旦那様！」

門の陰からひょこっと顔を出したリースが、フリオに笑顔を向ける。

「やぁ、リース。待たせてごめんね」

そんなリースに、右手をあげながら笑顔で駆け寄っていくフリオ。

「いえ、全然待っておりませんわ、旦那様」

駆け寄ってきたフリオの腕にリースが抱きついた。

その豊満な胸が、フリオの腕に押し付けられる。

リースとしては無意識の行動なのだが、その感触を前にして、フリオは思わず頬を赤くしてしまう。

「それよりも旦那様。今日の予定は終わったのですか？」

「あ、あぁ。定期魔導船の通学定期の件と、購買への荷物搬入。どっちも無事終了したよ」

フリオの言葉にリースが笑みを浮かべる。

「いかがでしょう、この後、街で何か食べていきませんか？」

「そうだね、今日の予定は終わったし……うん、行こうか」

フリオの言葉に、

「はい！　旦那様！」

リースは抱きついている腕を引きながら、街へ向かって歩を早めていく。

「そういえば、ゴザルが改造していた訓練場ですけど、明日からオープンでしたわよね？」

「うん、それでチラシも作って、あちこちに配布しているからね」

「新しい訓練場には、ランキングもあるそうですし、このリース、絶対に一位を取ってみせますわ」

気合満々のリース。

（……そういえば、リニューアル前の訓練場で、ウリミナスとランキング一位を競い合ったせいで、施設の一部が壊れてしまって……そのせいで今回のリニューアルになったはずでは……）

「く、くれぐれもやりすぎないでね、リース」

「と、当然ですわ！　このリース、同じ失敗は繰り返しませんわよ！」

フリオの言葉に、困惑しながらも、ドンと胸を叩く。

そんな会話を交わしながら、二人は街中へ向かって歩いていった。

◇翌日・ホウタウの街・ホウタウ訓練場◇

フリース雑貨店の近くに、人でごった返している一角があった。

『ホウタウ訓練場』と書かれた真新しい看板が掲げられている建物。

今日がリニューアルオープンの初日ということもあってか、建物の外にまで参加希望者の列が延びていた。

「はいはい、ちゃんと列を作って！　横入りはダメだよ」

フリース雑貨店のエプロンを身に着けているダマリナッセが、空を舞いながら、列の整理を行っている。

――ダマリナッセ。

暗黒大魔法を極めた暗黒大魔導士。

すでに肉体は存在せず、思念体として存在している。

ヒヤに敗北して以降、ヒヤを慕い修練の友としてヒヤの精神世界で暮らしている。

「ダマリナッセ、外の状況はいかがですか？」

建物の中から姿を現したヒヤが、ダマリナッセに声をかける。

ヒヤも、ダマリナッセと同じように、フリース雑貨店のエプロンを身に着けていた。

「いやもう、次から次へと客が押し寄せてきてさ、まっすぐ並ばせるのがやっとだよ」

苦笑しながら、ようやくまっすぐになった行列を確認する。

「しかし、なんでまたこんなに多くの客が来ているんだ？　確かにリニューアル前の訓練場もそれなりに人気だったけどさ、リニューアルしたとたんに、この混雑ぶりって、異常じゃないかい？」

「あぁ、それでしたら、あれですね」

そう言ってヒヤが店の中を指さす。

そのヒヤの指先、窓の奥に黄金の盾が光り輝いていた。

「あれって……確か、このあいだフリース雑貨店に持ち込まれたっていう……」

「さすがダマリナッセ。一目でわかりますか。そう、あれは双頭鳥の鱗を素材にして生成された盾なのです」

「双頭鳥の鱗っていやぁ……魔法反射・魔法無効化・物理攻撃反射といった様々なバフ効果があるという……」

「ええ、そのような超レア素材を、至高なるお方が盾として生成されたのでございます」

「……まさか、あれって……」

「えぇ、新しく出来た、ダンジョン探求で、ランキング一位になった者に授与される景品なのです」

ヒヤはダマリナッセに説明していた。

しかし、二人の会話に聞き耳をたてていた周囲の人々は、

「うぉぉ！　あの盾、絶対に手にしてやるぜぇ！」

「転売すりゃあ、一生遊んでくらせる逸品だ！　絶対に譲らねぇ！」

「くっそぉ！　早く挑戦させてくれ！」

そんな会話をしながら、同時に気合の入った声をあげていく。

その声が、さらなる声を呼び、いつしか行列中に伝播していった。

「ちょ……こりゃたまらねぇ」

ダマリナッセが思わず両手で耳を塞ぐ。

「そうですね、これでは近所迷惑ですね」

ヒヤが右手を広げ、行列へと向ける。

その手の先に魔法陣が展開し、手の先から魔法の光が射出されていく。

その光は、行列の人々を包み込むと、即座に消え去った。

すると、光を浴びた人の、口は動いているのだが、声はまったく聞こえなくなっていた。

「声が漏れないよう魔法で壁を作っておきました。これで静かになるでしょう。建物に入れば魔法の効果が切れますので、それまでおとなしくしていただきます」

そう言って、ヒヤは建物の中へと戻っていった。

リニューアルされた訓練場には複数のスペースが設けられている。

怪我人が出ないように魔力を水に変換し、相手陣地を侵略していく、従来の対戦場だけでなく、五階層で構築されている地下迷宮を、いかに早く攻略し、ゴール出来るかを競う地下迷宮場などが新設されており、双頭鳥の鱗の盾は、地下迷宮場の初代王者に授与されることになっていた。

それだけでなく、訓練場の中には、あちこちに宝箱も設置されており、その中には回復薬や、バフ素材等が入っており、その場で使用して訓練を優位に進めるもよし、持ち帰るもよしとされていた。


「ホウタウ自警団、こっちに集まってぇ」

受付を済ませた一団が、地下迷宮場の入口近くに立つひと際大柄な女の近くへと集合していく。

「いい？　ここは各階層ごとに時間制限があって、規定時間を過ぎたらその階層でチャレンジ終わりだけど、無理をして深い階層まで行く必要はないからね。まずは戦いになれることから始めよう」

「「「はい！」」」

女の言葉に、気合の入った声を返していく一同。

その光景を、リースは、横目で見つめていた。

「なんといいますか……初々しいですわねぇ」

リースの言葉に、ウリミナスが頷く。

「そうニャね。アタシ達も、初めて戦いに出た時には、あんな感じニャったかもしれニャいニャ」

受付近くの二人は腕組みしながら並んで立ち、周囲を見回している。

そんな二人の真後ろには、ゴザルが仁王立ちしていた。

そんなゴザルにリースが振り返る。

「……ねぇ、ゴザル……ちょっと気合入れすぎて、いきなり迷路を壊した事は、もう十分謝ったし、もう十二分に反省しましたわ」

その隣に立っているウリミナスもまた、ゴザルを見上げる。

「そうニャ……わざとじゃニャいんニャし……そろそろアタシ達にも、また挑戦させてほしいニャ……」

愛想笑いをその顔に浮かべ、揉み手をしている二人。

ゴザルはそんな二人を交互に見つめ、大きなため息を漏らした。

「反省しているのは認める……だが、万が一、以前のように互いに先を急ぐあまり、壁に突っ込まれてはかなわぬからな。今、これだけの客が待機しているのも、施設修繕作業への影響もあるのだ。待機者が減るまで、ここで待つがよい」

「そ、そんなぁ……」

「そ、そんニャあ……」

リースとウリミナスは互いに涙目になりながら、がっくりと肩を落とす。

好敵手（ライバル）ゆえの暴走と言えなくもなかった。

ゴザル達がそんな会話を交わしている、その近くに、ベリアンナの姿があった。

人種族の施設の中ということもあり、ベリアンナは姿形変換魔法で人種族の女の姿に変化していた。

その後方には、ベリアンナ同様、人種族の姿に変化しているベリアンナの部下たちが続いている。

「やっとアタシたちのくっそ番かぁ」

長時間待たされたこともあり、大きく伸びをしながら受付の前へと移動する。

受付に座っているのは、ビレリーだった。

この時間、いつもであればフリース雑貨店の裏にある荷馬車発着場で、貸出し用の魔馬の受け取りや新たな貸出し業務を行っているビレリーだが、この日、ホウタウ訓練場の想定以上の人気を受けて、急遽（きゅうきょ）こちらへ助っ人（すけっと）としてやってきていたのであった。

「いらっしゃいませぇ。今日はどの訓練をご希望ですかぁ？」

笑顔で接客するビレリー。

その頭上には、訓練場内の様子を表示している水晶画像投影装置のウインドウが複数並んでいる。

ベリアンナは、順番待ちの間中、ウインドウの様子を見つめていた。

（……暇つぶしのつもりだったけど、なかなかくっそ面白い仕組みになってるみたいじゃねぇか
……もっとも、今日は……）

「おい、くっそお前たち」

ベリアンナの後方で、ウインドウを見つめながらワイワイと会話を交わしていたベリアンナの配下の者達は、ベリアンナの呼びかけを受けてその場で整列していく。

「参加者はくっそ七名。全員くっそ地下迷宮場ってのでよろしく」

「了解しました。それで、地下迷宮場には、初級・中級・上級の三種類ございましてぇ……」

「そんなのくっそ決まってる。全員上級で」

そう言うと、ベリアンナは受付台に人数分の代金を置く。

その後方では、

「い、いきなり上級って……」

「し、しかもこの姿じゃあ……」

「無理無理無理無理」

それぞれ顔を青くしながら、首を左右に振る。

そんな一同の様子を前にして、忌々しそうに一度舌打ちをしたベリアンナは、

「訓練ごときで、何くっそびびってんだよ。ちゃちゃっと行って、ちゃちゃっとくっそ経験積んでこい……それに、ここはくっそ訓練場だ。怪我はしねぇって」

ベリアンナの言葉に、ビレリーが笑顔で頷く。

「そのとおりですぅ。ここ、ホウタウ訓練場の施設内は、魔法で保護がかかる仕組みになっておりまして、魔獣モドキの攻撃を受けても、よほど打ちどころが悪くない限り安全ですし、万が一に備えて、魔獣医学の権威であられますストレアナ先生の病院も隣にございますので」


――ストレアナ。

ナニーワの街の魔獣レース場で敵無しだった女性魔獣騎手。

スレイプに完膚なきまでに敗北したのをきっかけに、フリース魔獣レース場に転戦した。

魔獣医学にも精通しており、フリース雑貨店の近くにストレアナ病院を開業している。


笑顔で説明するビレリー。

「お、おい……一応大丈夫そうな気がしてきたけど……」

「いやいやいや、おかしいって、今、『よほど打ちどころが……』って、怖いことをしれっと言ってたし……」

「やっぱ無理無理無理無理」

その言葉を受けて、再びざわつきはじめるベリアンナの部下たち。

その様子を前にして、ベリアンナは再び苛立(いらだ)った様子で舌打ちをする。

「くっそごちゃごちゃ言ってねぇで、くっそさっさと行かねぇか！」

「「「「「「「はいぃ！」」」」」」」

ベリアンナの怒声を前にして、部下の七名はあたふたしながら地下迷宮の門(ゲート)へ入っていった。

「あのぉ……あなたはよろしかったのですかぁ？」

ビレリーの視線の先には、腕組みをしているベリアンナの姿があった。

「あぁ、アタシはくっそ引率みたいなもんだし、奥にあるウインドウルームであいつらのくっそ様子をチェックさせてもらうよ」

そう言うと、右手をあげて背を向けた。

そんなベリアンナに、

「あ、では、これを……」

「これ？」

「はい、リニューアルオープン記念としまして、利用者の皆様全員に、これをお配りしているんです」


そう言うと、先ほど地下迷宮へ入場していった七名分の何かをベリアンナに手渡した。

「まぁ、くっそくれるって言うのならもらって……って……え？」

それを確認したベリアンナの動きが止まった。

目を見開き、手に取ったそれをガン見したまま微動だにしない。

その視線の先には、狼の仮面のマスコットがあった。

「こ、これって……」

「はい、フリース雑貨店のシンボルでもあります、正義の狼のマスクをモチーフにした革製のレプリカマスクです。紐もついていますので、魔法袋に……」

「利用者全員……これをもらえる……？」

「えぇ、そうですよぉ、利用者お一人につき一つですが……」


次の瞬間。

ダン！

ベリアンナは受付台の上に、追加料金を勢いよく置いた。

「くっそ引率と言ったのは……あれはくっそ嘘だ。アタシもクッソ参加する……だから……だから！」

身を乗り出し、受付台の奥にいるビレリーに向かって身を乗り出す。

その血走った目、荒い息遣いを前にして、ビレリーは思いっきりたじろいでいた。

「あ、こ、これですね……で、ではこれを……」

おずおずとした手つきで、正義の狼のレプリカマスクを差し出す。

それに対し、ベリアンナは頭を台につくほどにまで下げ、両手を伸ばして受け取った。

ベリアンナ。

魔王軍四天王にして、正義の狼ウルフジャスティスの熱烈な信者であった。

◇同時刻・ホウタウ訓練場の外◇

多くの人々で賑わっているホウタウ訓練場の様子を、フリオは建物の外から眺めていた。

「思った以上に、たくさんの人が集まったなぁ」

「パパが作った、これの影響も大きいかも」

その隣に立っているエリナーザが、自らのボストンバッグを持ち上げて、フリオへ見せる。

その取っ手部分には、正義の狼のレプリカマスクが括りつけられていた。

「今の正義の狼は、魔族の間で大人気だし、これを目当てに何度も挑戦する魔族の人も増えるかも」

「確かに、姿形変形魔法を使っているけど、魔族の人たちもたくさん並んでいるもんね」

エリナーザの言葉に、納得したように頷くフリオ。

（……っていうか……ゴザルさんの推薦もあって、フリース雑貨店のマスコットキャラにしちゃったけど……やっぱりこういうのは恥ずかしいというか……早く忘れてほしいというか……）

そんな事を考えながら、苦笑するフリオ。

「そういえば、今回の地下迷宮設営は、エリナーザもすごく頑張ってくれたんだね。ゴザルさんから聞いているよ」

フリオの言葉に、エリナーザは笑みを浮かべる。

「そんなに大したことはしていないわ。簡単なトラップや、階層ごとのボス魔獣を生成したくらいで、パパだったら、私よりももっともっとすっごい設備を作れたはずよ」

「いやいや、そんな事はないって」

苦笑するフリオ。

エリナーザは、そんなフリオを笑顔で見つめている。

「パパのそういうところ、とってもすごいと思う。自分がどんなにすごい魔法を使えたとしても、それをひけらかすこともないし、誰に対しても優しいし、常に謙虚だし……私、パパの事、尊敬しているの」

「過大評価だよ……でも、ありがとうエリナーザ」

エリナーザの肩にそっと手を置く。

その手に引き寄せられるように、エリナーザはフリオに体を預けた。

「もちろん、私も旦那様の事を尊敬していますわよ！」

受付場からものすごい勢いでリースが駆けてくる。

勢いそのままに、リースはフリオとエリナーザを同時に抱きしめる。

「もちろん、ママの事も大好きだよ」

「僕もだよ、リース」

リースを抱き返しながら二人も言葉を口にする。

「ありがとう。二人とも……」

そんな二人を抱き寄せたまま、リースは目を閉じる。


すると。


「……そういえば、ガリルはどうしたのですか？　今日は、確か……」

周囲を見回しながら、困惑した表情を浮かべる。

そんなリースに、フリオは、

「あぁ、ガリルなら……」

そう言いながら、家の方へ視線を向けた。

◇ホウタウの街・フリオ宅◇

フリオ宅の二階の一角に、ガリルの部屋がある。

クライロード騎士団に入団し、クライロード城で暮らしているガリルだが、実家であるフリオ宅にも、ガリルの部屋は残ったままとなっていた。

その部屋の中。

奥の寝室のベッドの上に、姫女王の姿があった。

姫女王はベッドで横になって目を閉じ、寝息をたてている。

ガリルはそんな姫女王の近くであるベッドの端に座り、眠っている姫女王の顔を優しい表情で見つめていた。

(……第二王女様に依頼されて、リニューアルしたホウタウ訓練場の視察に向かう姫女王の護衛任務についていたけど、エリーさんってば、よっぽど疲れていたんだなぁ……少し疲れたと言われたので、僕のベッドで横になってもらったんだけど、半日近く眠り続けているんだもんな……)

そんな事を考えながら、姫女王の胸元に布団をかけ直す。

すると、ガリルの後方に霧が出現し、その中からベンネエが姿を現した。

――ベンネエ。

元日出国の剣豪であり肉体を持たない思念体。

一騎打ちでガリルに敗れ、その強さに感服しガリルの使い魔として付き従っている。

「我が主殿(あるじどの)、なぜベッドの端でじっとしておられますので?」

「なぜ、って……そりゃ、エリーさんが安心して眠る事が出来るように見守っているからだけど?」

ガリルの言葉に、やれやれといった様子で両手を左右に広げ、肩をすくめる。

「なんと申しますか、我の国には、据え膳食わぬは男の恥とも言われておりますのに……我が主殿ときたら……」

「あはは、ベン姉さん、変なことを言わないでよ」

ベンネエの言葉に、ガリルが苦笑する。

その様子を前に、ベンネエはさらにため息を漏らした。

「やれやれ、これでは、そのうち別の男にさらわれてしまいますわよ」

「……それは……嫌かな」

「……ほ?」

即答してきた事に、ベンネエは思わず目を丸くする。

そんなベンネエの先、ベッドの端に腰かけているガリルは、姫女王の寝顔を相変わらず優しい笑顔で見つめ続けていた。

（……即答なさるとは、まったく脈がないわけではないようでございますわね……）

着物の袖で隠した口元には、満足そうな笑みが浮かんでいた。

（……そうですわね。我は、我が主をお守りすると決めた身ゆえ、お二人の行く末を、ゆるりと見守らせていただきましょうか……）


そんな一同を、窓から差し込んだ陽光が照らしていた。

第三章 ……金髪勇者かく戦えり……8

◇魔王領とクライロード領の国境近く◇

うっそうとした木々の中を、一台の馬車が進んでいた。

一目見ただけでは、獣道と見間違えてしまいそうなほど朽ちたまま放置されている旧街道を、間違うことなく進んでいく。

そんな馬車の中、金髪勇者はいつもの赤を基調とした装束に身を包み、腕組みをしていた。

「……しかし、アルンキーツよ。いつも思うのだが、こういった昔の街道をよく知っているな」

金髪勇者が車窓から外の様子を見つめながら、関心した声をあげる。

『いえいえ、そんなに大したことではないでありますよ』

その言葉に応えるように、馬車の屋根の方からアルンキーツの声が聞こえてくる。

荷馬車魔人であるアルンキーツは、一度触れたことがある乗り物に自らの体を変化させる能力を持っており、今、金髪勇者一行が乗っている馬車もアルンキーツが変化した姿であった。

『自分、荷馬車魔人でありますからね。街道の情報に関しましては常に最新情報を入手しているのであります』

「ほう？　そんな情報をどうやって入手しているので？」

『はい、リリアンジュ殿が周囲の索敵をしてくださっているゆえ、その際に街道の状況調査もしていただいているであります』

「ふむ、なるほど」

アルンキーツの言葉に、金髪勇者は納得したように大きく頷く。

（……索敵能力の高いリリアンジュには、常に周囲の様子を探ってもらってはいたが、街道の調査までしてくれていたとは……今度、何かねぎらってやらねばなるまい）

金髪勇者が腕組みをしたままそんな事を考えていると、その顔を隣に座っているツーヤが、チラチラと横目で何度も確認していた。

「ん？　ツーヤよ、何か私に相談でもあるのか？」

「あ、い、いぇ、その……」

金髪勇者の言葉に、ツーヤは思わず座席から飛び上がった。

「……あははぁ……そ、そんなに大したことではないのですがぁ……」

「なんだ？　何かあるのならはっきり言わぬか」

「あ、はいぃ……」

金髪勇者の言葉に、言いにくそうにもじもじしていたツーヤは、足元に落としていた視線を改めて金髪勇者へ戻す。

「なんと言いますかぁ……昨日の夜なんですけどぉ、妙な夢を見たんですよねぇ……」

「夢？」

「はいぃ。なんかですねぇ……金髪勇者様とぉ、街で買い出しをしている夢だったんですけどぉ……その時の金髪勇者様の様子が、なんだかおかしかったんですよぉ」

「私の様子がおかしかった……だと？」

「そうなんですよぉ」

金髪勇者様の言葉にコクコクと頷く。

「なんかですねぇ……おかしいんですぅ……口調が……その、いつもの金髪勇者様と何か違うといいますかぁ……」

右手の人差し指を頬にあてながら、困惑した表情を浮かべている。

すると、二人の会話を向かいの座席で聞いていたガッポリウーハーが、

「口調ってさ、金髪勇者様の偉そうな俺様口調がどう違っていたのさ？」

半袖のシャツに短パン姿のガッポリウーハーは、胸が小さく、小柄な事も相まって一見すると少年と見間違ってしまいそうな容姿をしている。

そんなガッポリウーハーは、ニカッと笑みを浮かべながら、金髪勇者とツーヤの様子を交互に見つめていた。

「ガッポリウーハーよ、話の腰を折るでない。それに、私は偉そうな俺様口調などしていない。したこともない」

金髪勇者は胸を張ってきっぱりと言い切った。

そんなドヤ顔の金髪勇者に対し、

「……」

苦笑し、無言になるガッポリウーハー。

「……」

愛想笑いし、無言になるツーヤ。

『……』

無反応になるアルンキーツ。

「く～――……」

そんな騒動などお構いなしとばかりに、眠りこけているヴァランタイン。

しばしの間、馬車の中に沈黙の時間が流れていく。

「……ふむ、皆、私の正論に何も言い返せないようだな」

金髪勇者は納得したように、大きく頷いた。

その言葉に、

「……」

無言のまま、がっくりと肩を落とすガッポリウーハー。

「……」

愛想笑いを続けながら、がっくりと肩を落とすツーヤ。

『……』

相変わらず無反応のままのアルンキーツ。

「く～――……」

相変わらず眠り続けているヴァランタイン。

しばしの間、馬車の中に微妙な空気が流れた。

そんな空気の中、ツーヤは、

（……こ、こんな空気の中じゃあ、金髪勇者様が『ホ前達ぃ』とかぁ、『ただで済むとホもうなよぉ』とかぁ……妙な口調になっていたなんて、言えないですぅ）

内心でそんな事を考えながら、愛想笑いを続けていた。

「で、ツーヤよ」

「は、はいぃ!?」

金髪勇者にいきなり名前を呼ばれ、ツーヤは思わず座席から飛びあがった。

「さっき、何を言っていた？　ガッポリウーハーが余計な事を言うので失念してしまったのだが？」

「あ、あぁ……えっとぉ……あ、あれぇ？　わ、私も何を言おうとしたのか忘れてしまったみたいですぅ」

ツーヤは両手を頬にあて、愛想笑いをしながら金髪勇者へ返答する。

(ど、どうにかしてごまかさないと……)

そんな事を考えているためか、その額に冷や汗が伝った。


その時。


「……あらぁ？」

それまで、眠り続けていたヴァランタインが目を覚ました。


本来は、長身で肉厚なスタイルを誇っている。

しかし、クライロード世界よりも魔素の濃度がかなり濃い邪界の住人であったヴァランタインは、クライロード世界で自らの体を維持するためには、相当な量の魔素を体内に取り込む必要があった。

そのため、魔素の摂取量を少なく済ませるために、自らの体を幼女のような小柄なスタイル『セーブモード』に変化させていた。


今もセーブモードの姿であるヴァランタインは、目をこすりながら窓の外へ視線を向ける。

「どうしたのだ、ヴァランタインよ。また腹が減ったのか？」

金髪勇者がヴァランタインに問いかける。

その言葉に、ツーヤは顔を真っ青にした。

（……こ、この間、妙な魔獣の動力源だったおっきな魔石を取り込んだおかげで、食事をほとんどしなくなっていたヴァランタイン様がぁ、またあの爆食いさんに戻ってしまうのですかぁ!?）


それもそのはず。

ヴァランタインが魔素を体内に取り込むためには、

・魔素の結晶である魔石を取り込む。
・魔素を体内に有する生き物を摂取する。
・魔素を含んだ食べ物を摂取する。

主にこの三種類の方法があるのだが、
・魔石の摂取……魔石がなかなか見つからないうえに、購入するとなると高額。
・生き物を摂取……魔獣などは売って金に換えた方が得になる。

前記理由で前二つが却下となり、普段は、

・食べ物から摂取。

の方法で魔素を摂取していた。

しかし、この方法だと魔素の吸収効率が非常に悪く、それを補うために相当な量の食べ物を摂取しなければならなくなっていた。

そのため、ヴァランタインがセーブモードを習得する以前の金髪勇者パーティーは、毎日爆食いするヴァランタインの食費を稼ぐのに必死であり、お財布担当のツーヤは、お金のやりくりに頭を悩ませる日々を送っていたのである。


ツーヤはあわあわしながら真っ青になっている顔を両手で押さえている。

目覚めたばかりのヴァランタインは、そんなツーヤの様子を気にする風でもなく、窓の外に顔を出し、しきりと周囲を見回している。

「うむ、ヴァランタインよ、何か気になることでもあったのか？」

「いえねぇ……ちょっと妙なものを感じたといいますかぁ……」

金髪勇者の言葉を聞きながらも、ヴァランタインは周囲を見回し続けている。

眉間にシワを寄せ、意識を集中する。

同時に、ヴァランタインの左目の前に魔法陣が展開していく。

魔法陣越しの森の風景は、赤く染まっていた。

「……気のせいかしらぁ？……ちょっと気配を感じたような気がしたんだけどぉ……」

そんな言葉を口にしながら、その視線を前方へと向ける。

その視線の先、街道の延びている向こうには、小山が幾重にも並んでいた。

その小山の一つを、ヴァランタインは凝視し続けていた。

◇魔王領とクライロード領の国境近くにある、とある小山の山頂近く◇

魔王領とクライロード領の国境近くにある、とある森の先に、小山がいくつか連なっている場所があった。

その小山の一つ、その頂上付近に洞窟の入口がある。

入口の左右を槍（やり）を持った魔族が警備し、周囲を警戒していた。

その洞窟を進むと中は徐々に広くなり、一番奥はまるで宮殿のような造りになっている。

その一番奥にある、祭壇風の遺構の上に、一人の魔族の女の姿があった。

頭からローブを被(かぶ)り、右手に豪奢(ごうしゃ)な魔石がちりばめられている杖(つえ)を持っているその魔族の女は、眼前に浮かせている魔導書の内容を確認しながら、足元に魔法陣を刻み続けていた。

「……ふふふ、いい感じなのね……いい感じなのね」

杖の柄の部分を遺構にこすりつけ、魔法陣を刻み込んでいく。

その度、刻まれた魔法陣が光を増していく。

その光は、魔族の女の後方に建っている、大きな門へと流れ込んでいる。

石造りのその門はかなり古い物らしく、門柱に刻まれている文字も、風化のためか非常に読みづらくなっていた。

洞窟の中は、魔法陣が発している光によって青白く光り輝いている。

そんな洞窟の中を、奥から一人の魔族の少女がかけてくる。

「悪魔導士アンヘルア！」

魔法陣を刻んでいる魔族の女――アンヘルアへ声をかける魔族の少女。

「……銅角狐(どうつのぎつね)ですのね。お疲れ様ですのね」

「いえ、そんな……銅角狐(どうつの)は全然疲れていませんコンコン」

アンヘルアの言葉に、銅角狐(どうつの)は思い切り頭を下げて挨拶した。

――銅角狐。

狐族の少女であり、金角狐と銀角狐姉の妹分的存在。

魔狐姉妹と血縁はないが、妹分として魔狐集落の復興に尽力している最中。

銅角狐はアンヘルアが作業している遺構より、二段程下がった場所から作業の様子を見上げる。

「それで……準備の方はどんな感じコンコン？」

銅角狐の言葉に、アンヘルアは作業していた手を止め、宙に浮いていた魔導書を手に取る。

「えぇ、とっても順調なのね。この調子でいけば、数日のうちに魔法陣を完成させることが出来るのね」

満足そうな表情を浮かべて頷く。

頭のローブを外すと、ダークエルフ特有の褐色の肌があらわになっていく。

そのまま、ゆっくりと遺構を下りていくと、

「じゃ、じゃあ、その魔法陣が完成したら、ついに、あの作戦を実行出来るコンコンね！」

満面の笑みを浮かべた銅角狐が、飛び跳ねながらその後方に付き従っていく。

「そうなのよね。もうすぐ実行出来るのよね」

アンヘルアが遺構の下にある椅子状の遺構に腰かける。

「あは！　ありがとうコンコン！　幼馴染のアンヘルアに相談して本当によかったコンコン」

そんなアンヘルアに、銅角狐は嬉々とした声をあげながら抱きついた。

頬ずりをしながら、幼い子供を褒めるかのように、よしよしとアンヘルアの頭を撫でていく。

「ちょ……だから、そういうのはやめるのね！　アタシの方が百歳以上年上なのね！」

そんな銅角狐に対し、アンヘルアは露骨に嫌悪の表情を浮かべながら、両腕を使って全力で押し返す。

「あ、ご、ごめんコンコン」

慌てて、アンヘルアから離れる。

「アンヘルアってさ、お姉さんなのに、ちっちゃくて可愛いから、ついやっちゃうコンコンなの」

自らの顔の前で両手を合わせ、ごめんなさい、とばかりに頭を下げた。

銅角狐の言葉のとおり。

アンヘルアは銅角狐よりも頭一つ分程身長が低く、幼女と言っても通用しそうな程の幼い顔立ちをしている。

その顔に、魔力を高めるための化粧を施しているものの、それでも幼く見えてしまう程であった。

「……幼く見えるの、結構気にしているのよね。それは、銅角狐も知っているはずよね？」

アンヘルアはフードを被り直し、顔を隠す。

「あはは、ほんとにごめんコンコンなの。それよりも……」

アンヘルアの隣の椅子に座った銅角狐(どうつの)は、改めて階段状の遺構を見上げていく。

「あの魔法陣が完成したら、あの門(ゲート)を復活させることが出来るコンコンね。そしたら、そこから地下世界の強力な魔獣達を召喚出来るコンコンなのね」

銅角狐(どうつの)の嬉(うれ)しそうな様子に、アンヘルアもまた、ローブの下の顔に笑みを浮かべる。

「その魔獣がいたら、あなたの……えっと、雇用主だっけ？　あの、魔狐姉妹の役に立てるのね？」

「うん！　私、この間、任務に失敗して人造魔獣を壊されちゃったコンコン。その代わりに、魔獣を連れていけば、もう一回任務を行う事が出来るコンコン。失敗を取り返せるコンコン」

銅角狐(どうつの)が立ち上がり、万歳三唱する。

アンヘルアは、無邪気に喜びを表す銅角狐(どうつの)の様子を、苦笑しながら見つめていた。

（……名前は変わっちゃったけど……銅角狐(このこ)のこういうとこ、嫌いじゃないのね）

そんな事を考えながら、手に持っている魔導書へ目を通していく。

（……大丈夫、この魔導書のとおりにやれば、間違いなく上手くいくのね……ここまで、こんなに順調にきているんだもの……きっと上手くいくのね……）

そんな言葉をつぶやきながら、小さく頷いた。

「……ところで銅角狐(どうつの)、陽動作戦の方は上手くいっているのね？」

「あ、うん……」

アンヘルアの言葉にそれまでの嬉々とした表情から一変して、どこかバツの悪そうな表情を浮かべる。

「何？……まさか魔王軍に、ここの存在を感づかれたんじゃないのよね？」

その様子に、アンヘルアは困惑した表情を浮かべた。

「違うの違うの！　魔王様がクライロード魔法国と結んだ休戦協定に不満を持っている魔族達があちこちでゲリラ活動をやっているおかげで、ここの存在は、まだ気付かれていないコンコン……けど」

銅角狐（どうつの）は言いにくそうに口ごもる。

「……けど？　なんなのね？」

「……それがコンコンね……魔王軍四天王のベリアンナや、ザンジバルだけじゃなくて、正義の狼（おおかみ）の配下達までもが鎮圧にやってくるコンコン……そのせいで、参加希望者がだんだん減ってきているコンコン……あはは」

右手で後頭部をかきながら、自嘲気味に笑った。

「……ふぅむ……確かにそれは困るのね……ゲリラ活動が出来なくなったら、ここの魔力を探知されて、踏み込まれる危険が高くなるのね……」

アンヘルアが銅角狐（どうつの）の懸念に同意する。

「魔法壁で、魔力が漏れるのを遮断してはいるものの……この魔法陣で吸い上げた地下世界の魔力を門に、注ぎ込む際には、魔法陣の下に設置している核の中にかなりの魔力を溜める必要があるのね……それを察知されないためにも、陽動作戦は必要なのね……」

大きなため息をつくと、ローブの懐に右手を突っ込み、しばらくごそごそと何かを探す。

その手がローブの中から出てくると、そこに小さな革袋が握られていた。

「……この魔石を使って、傭兵を雇うのね……そんなにないけど、魔法陣が完成するまでの傭兵くらいならこれでむぎゅううう……」

革袋を差し出していたアンヘルアに、銅角狐がいきなり抱きつく。

いきなりだったこともあり、完全に虚を衝かれたアンヘルアは、すっとんきょうな声をあげた。

「ありがとうコンコン！　本当にありがとうコンコン！　だからアンヘルア、大好きコンコン！」

同角狐が勢いよく首筋に抱きつく。

「や……ちょ……おま……やめ……のね……」

アンヘルアはどうにかして銅角狐を引き離そうとする。

しかし、感極まったせいで手加減がまったく出来なくなっている銅角狐は、全力でアンヘルアを抱きしめ、激しく揺さぶり続けていた。

そんな二人の真正面、階段状の遺構の上では、石造りの門が怪しい光を放ち続けていた。

ザクザクザクザクザクザク……。

金髪勇者は地下をすさまじい勢いで掘り進んでいく。

手にしているドリルブルドーザースコップは黄金に輝いており、あっという間に相当な距離をどんどん掘り進んでいた。

その後方には、ツーヤを先頭に、ヴァランタイン、ガッポリウーハー、アルンキーツの順番で続いているのだが、金髪勇者が掘り進む速度があまりにも速いため、四人は駆け足でその後を追いかけていた。

「あ、あのぉ……ぜぇぜぇ……金髪勇者様ぁ……ぜぇぜぇ」

「どうしたツーヤよ」

「あ、あのぉ……ぜぇぜぇ……ど、どうして地下から行くのですかぁ……ぜぇぜぇ」

「そ、そうですわぁ……はぁはぁ……私が異変を感じたのは小山の上ですのにぃ……はぁはぁ」

「そ、そうっすよ……ふへぇ……あのままアルンキーツの馬車に乗ったまま向かえばよかったんじゃないっすかぁ？……ふへぇ」

「ガ、ガッポリウーハーの言うとおりであります……ふぅふぅ……自分に乗っていった方が皆様も楽でございますし……ふぅふぅ……じ、自分も楽でありますのに……ふぅふぅ」

金髪勇者を必死に追いかけながら、息も絶え絶えなツーヤ、ヴァランタイン、ガッポリウーハー、アルンキーツの四人。

そんな女性陣を一瞥（いちべつ）する事もなく、金髪勇者はドリルブルドーザースコップを振るい続ける。

「確かに、あのままアルンキーツの馬車で向かえば楽であっただろう……だがな、あのままあそこに向かったら危険だから、こうして穴を掘って地下から向かっているのだ。それが一番安全だからな」

手を休める事なく、ドリルブルドーザースコップを振るう。

「あ、あのまま向かったら……ぜぇぜぇ……危険ってぇ……ぜぇぜぇ」

「ど、どうして……はぁはぁ……そんなことがわかるのですかぁ……はぁはぁ」

「金髪勇者様ってば……ふへぇ……索敵魔法も使えないし……ふへぇ」

「リ、リリアンジュ殿からの連絡も……ふぅふぅ……届いていないでありますのに……ふぅふぅ」

四人は金髪勇者に向かって思い思いに声をかける。

その言葉に、金髪勇者はようやくドリルブルドーザースコップを振るう手を止めた。

その場で立ち止まり、四人の方へ向き直ると、

「そんなの決まっているではないか」

腰に手をあて、グイッと胸を張り、

「すべては、私の直感だ！」


ドヤ顔で、きっぱりと言い切った。

そんな金髪勇者を四人がジト目で見つめた。

「……へ？」

「……はい？」

「……マジか……」

「……そう来たでありますか……」

そんな一同の前で、金髪勇者はしばらくの間ドヤ顔のままポーズを決めていた。


……しかし。


（……お、おかしい……ここは、皆が私の言葉に感動して、

『さすが金髪勇者ですぅ！』

『すごいですわ金髪勇者！』

『やっぱ金髪勇者様だねぇ！』

『自分、信じていたであります！』

と賞賛の言葉とともに、羨望の眼差（まなざ）しで見つめられるはずなのだが……な、何か違う気が……）

空気がおかしい事を察した金髪勇者は、

「ご、ゴホン。と、とにかくそういうわけだから、このまま行くからな！」

改めてドリルブルドーザースコップを手に取り、掘り進めていく。

ツーヤ、ヴァランタイン、ガッポリウーハー、アルンキーツの四人は大きなため息をつくと、

「……まぁ、でもぉ……こんなに奥まで来ちゃいましたしぃ」

「……そうねぇ……ツーヤの言うとおり、今更引き返すのもあれだし……」

「……ねぇ、アルンキーツ。ちょっとおんぶしてくれない？」

「お断りするであります」

そんな会話を交わしながら、金髪勇者が掘った穴の中を進んでいった。

翌日。
銅角狐（どうつの）の姿は、魔王領の中にあった。

（……ここなら、アンヘルアちゃんが作業をしている洞窟からかなり離れているコンコンし、このあたりで雇った傭兵さん達と近くの集落をちょっと攻撃しちゃえば、魔王軍の目をこっちに引きつけることが出来るコンコン）

銅角狐（どうつの）は木々の陰に姿を隠していた。

その後方には、屈強な魔族達が銅角狐（どうつの）同様に木々に体を隠しながら、身をひそめている。

銅角狐（どうつの）はそんな一同へと視線を向けた。

「では、みなさん、そろそろお願いしますコンコン」

銅角狐（どうつの）が頷くと、魔族達は、

「あぁ、任せておけ！」

「俺たちも、今の魔王のやり方には不満がありまくりだからな」

「なんだって、あんな貧弱な人種族なんかと休戦協定を結ばなきゃならねぇんだ」

「銅角狐（あんた）の言うとおり、魔王を追い出して、魔狐姉妹様の勢力を立ち上げた方が楽しそうだしな」

「それに、今、魔王軍四天王のベリアンナは、部下の研修とかで、魔王領にいないらしいし」

「同じく魔王軍四天王のザンジバルは、俺たちの別動隊の制圧に向かっていて、こっちに来る事はねぇ」

口々にそんな会話を交わす。

その様子を確認した銅角狐（どうつの）は、右腕をあげ、

「では、皆さん！　行くコンコン！」

一同に声をかけると、右腕を前方に向かって振る。

それを合図に、

「「「うおおおおおおおおおおおおお！」」」

木々の陰から姿を現し、声をあげながら前方の集落へ向かって駆け出していく。

銅角狐（どうつの）はその先頭を走る。


ザッ。


そんな一同の前に、一人の女が立ちふさがった。

「あれは……ダークエルフ……コンコン？」

困惑した表情を浮かべながら、銅角狐（どうつの）はその場で足を止める。

その後方で、銅角狐（どうつの）配下の魔族達も、同様に足を止めた。

「な、なんだ……あの女……」

「細身だが……なんかかなり筋肉質じゃねぇか？」

「とはいえ……この人数を前にして、何を思って一人であそこにいるんだ？」

いきなり現れた謎の女を前にして、ざわつきはじめる銅角狐（どうつの）配下の魔族達。

ダークエルフの女は、そんな一同をゆっくりと見回していく。

「……はぁ、この程度の小物を排除したくらいじゃ、大した手柄にもなりゃしねぇけど……」

露出の高い、レザー風の衣装に身を包んでいるダークエルフの女は、小さく詠唱する。

それに呼応して、ダークエルフの女の手に、棘のついた鞭が出現した。

「でもまぁ、ここでこいつらを壊滅させりゃあ、ドクソンの好感度が少しは上がって、嫁の座にまた一歩近づけるってもんじゃ」

その顔に、にやりと笑みを浮かべ、手の鞭で足元の地面を激しく打ち付けた。

その一撃で、ダークエルフの女の足元の土が激しくえぐれる。

鞭の威力に、銅角狐と配下の魔族達は思わず後ずさりした。

「た、確かにあの女……っ、強そうコンコンけど……あっちは一人、こっちは大勢コンコン」

「そ、そうだ、そうだ！」

「あぁ、ここでビビっちゃ、人種族に尻尾を巻いて休戦協定を結んじまった、あの弱虫魔王以下になっちまう」

ピキッ。

「あぁ、まったくだ！　あの軟弱魔王に付き従うぐらいなら、魔狐姉妹様を担いで、新しい魔族軍を作った方がましだ」

ピキピキッ！

「相手は女一人じゃねぇか。とっととけちらして……」

ビシィ！


魔族達の言葉を聞きながら、その額に青筋を立てていたダークエルフの女は、再び鞭を振るう。

今度は地面ではなく、ダークエルフの女に向かって罵詈雑言を浴びせていた、銅角狐配下の魔族の中でもひと際大きいサイクロプス族の男の顔面に向かって伸びていく。

その鞭が、顔面に巻きつき、そのせいで言葉を発することが出来なくなる。

さらには、かなりの力で引っ張られているためか、サイクロプス族の男はその場で身動き出来なくなっていた。

「ふん！」

ダークエルフの女がその鞭を思い切り引っ張ると、サイクロプス族の男の顔面がみるみる引き絞られていく。

「は！　口ほどでもないじゃん。この程度の力で引き絞られたくらいで、情けない声をあげやがって」

その口元に、妖艶な笑みを浮かべながら、鞭を引く手にさらに力を込める。

次の瞬間、サイクロプス族の男の顔面が、

＊＊残酷な内容を含むため描写を自粛しました＊＊

サイクロプス族の男は大音響をたてながらその場に倒れ込んだ。

ダークエルフの女は、そんなサイクロプス族の男を妖艶な笑みを浮かべ続けながら見下ろしていた。

その時、

「お、思い出した！」

銅角狐(どうつの)配下の魔族の集団の中にいた、ダークエルフの男が声をあげた。

「あ、あの女……魔族領の北方を支配しているダークエルフ族のネロナ姫だ！」

ダークエルフの男の声を聞いた、銅角狐(どうつの)配下の魔族達の間に動揺が走った。

「ちょ、ちょっと待て……ダ、ダークエルフ族のネロナ姫って……」

「笑いながら、敵を完膚なきまでに叩(たた)きつぶすっていう……あの残虐姫……」

「ざ、残虐すぎて、魔王が嫁にすることを躊躇したっていう……」

ピキッ。


「そ、そういえば……三人いた魔王の嫁候補のうち、二人は縁談が決まって一族の元に戻っていったっていうのに……一人だけ魔王城に居座っているって……」

「そ、そりゃ、あれだ……残虐すぎて、ダークエルフ族も引き取りを拒否したんじゃ……」


ピキピキッ。


「と、とにかくあれだ、ここは逃げるが……」

ざわついていた銅角狐配下の魔族達は、全員真っ青になりながら回れ右をする。

しかし、

「てめぇら！　黙って聞いてりゃ好き勝手言いやがって！」

ネロナが、鞭を振り回しながら突進していく。

いわゆる細マッチョな姿形のネロナは、魔族達に向かってすさまじい勢いで鞭を振り下ろす。

「うぎゃあ!?」

「ひー！」

その度に、数人の魔族達が鞭の餌食になり、悲鳴をあげながら宙に舞っていく。

「このネロナ様が魔王城に残っているのはな、魔王ドクソンの嫁の座をまだ諦めてねぇからに決まっているじゃろうが！　だから、苦手な掃除や料理も必死に勉強しつつ、合間にこうして巡回任務もこなしてるんじゃ！……た、確かに、縁談の一つもこねぇけど……そ、それはだな、アタシが魔王ドクソン以外、眼中にないって事を親父殿も知ってるからであって……」

ネロナは怒声をあげながら、魔族達を追いまわす。

（……あんたのために、こんだけ頑張ってるんだ……幼馴染の縁ってことで、そろそろ娶ってくれよ、ドクソン……）

内心でそんな事を考えながら、鞭を振るいまくる。

その目の端に涙が浮かんでいる事に気付く者はいなかった。

◇同時刻・魔王城◇

「うぉ……」

魔王城内の廊下を歩いていた魔王ドクソンが、いきなり妙な声をあげた。

——ドクソン。

元魔王ゴウルの弟であり、現魔王。

かつてはユイガードと名乗り唯我独尊な態度をとっていたが、改名し名君の道を歩みはじめている。


その横に、並んで歩いていたフフンが足を止め、

「ドクソン様、どうかなさいましたか？」

右手の人差し指で、伊達メガネをクイッと押し上げていく。


——フフン。

ドクソンに即位前から付き従っている側近のサキュバス。

一見知性派だが、かなりのうっかりさんであり、真性のドM。


「い、いや……気のせいか、背筋がぞわっとしたというか……」

魔王ドクソンは困惑した表情を浮かべながら周囲を見回す。

「ひょっとして……また、ネロナ様が何かなさっているのでは……」

フフンが廊下を見回す。

魔王ドクソンは、その言葉に大きなため息を漏らした。

「……確かに、あの野郎……掃除だの、料理だの、気合だけはありやがるんだが……」

その言葉に、フフンもまたため息を漏らしながら、廊下の天井の方へ視線を向ける。

「……そうですね……先日は廊下の天井付近にあるガーゴイルの石像を磨いていたとかで、思いっきり落下させていましたものね……」

「あぁ……俺が気が付くのがもうちょっと遅かったら、頭に直撃して、結構痛かったはずだしな……」

「それと、魔王ドクソン様の食事を、自作の物に変更したことも……」

「いや、まぁ……あれは、臭いでわかったんだが……」

互いに顔を見合わせると、魔王ドクソンとフフンは同時に大きなため息を漏らした。

「……一応、ダークエルフ族の族長には、それとなく花嫁修業をやり直してほしいので一度引き取ってほしいとお伝えしてはいるのですが……」

伊達メガネを人差し指でクイッと押し上げながら、再びため息を漏らす。

「あれだろう……いろいろと理由をつけて断られているんだろう。あそこも長男が生まれて、ネロナにはもう帰ってきてほしくないみたいだしな……」

魔王ドクソンもまた、大きなため息を吐き出した。

「……と、とにもかくにも、今はお姿がないみたいですので」

「……そうだな……今のうちに用事を済ませておくか」

そんな会話を交わしながら、魔王ドクソンとフフンの二人は廊下を歩いていった。

◇翌日◇

金髪勇者が掘り進んだ横穴の最奥。

この最奥部分は、上下左右方向に大きく掘り広げられており、壁や床、天井部分は、横穴の中にもかかわらず、一流宿屋のように豪奢な細工が施されており、高価そうな絨毯の上に、ソファやベッドが置かれており、壁に設置されている魔法灯が横穴内を照らしている。

金髪勇者はそんな横穴内を見回していた。

「ふむ……やはりガッポリウーハーの変化した部屋は、快適だな」

『あはは、そう言ってもらえたら、屋敷魔人の誉ってもんだよ』

天井部分からガッポリウーハーの声が横穴内に響き、金髪勇者に返事をした。

屋敷魔人であるガッポリウーハーは、自らの体を屋敷に変化させる事が出来るのだが、金髪勇者が掘った横穴のような空間の中を、部屋のように変化させる能力も有していた。

この能力のおかげで、金髪勇者一行の宿泊代がかなり浮いているのは言うまでもない。

『でもさぁ、金髪勇者様ぁ』

「ん？　どうした、ガッポリウーハーよ？」

『いえね、ここまで掘り進んで来たのはいいとして……なんでここで、一休みしたんです？』

横穴内にガッポリウーハーの困惑した声が響く。

「そうよねぇ」

金髪勇者の向かいのソファに座っているヴァランタインが、ガッポリウーハーの言葉に同意しながら首を傾（かし）げる。

「探索魔法によれば、あの岩盤の向こうに何か大きな空間があるのは間違いないのですけどぉ……」

セーブモードのため、二頭身に近い姿のまま壁の方へ視線を向ける。

岩盤と言ってはいるものの、ガッポリウーハーの能力のため、今は豪奢な壁面になっている。

「うむ、そのことだが……」

金髪勇者が腕組みし、ソファに座り直す。

「ここまで移動するのに、アルンキーツには荷馬車形態で無理をさせていたから、少し休憩をとらせたいと思っていたしな」

ヴァランタインの隣へ視線を向ける。

その視線の先では、酒瓶を抱えたまま、寝息……と言うより、いびきに近い呼吸を繰り返しているアルンキーツの姿があった。

酒の飲みすぎで熱くなったのか、胸元はガバッと開いており、足もガバッと開いて眠りこけていた。

ミニスカートなのも相まって、いろいろと見えてはいけないものがモロに露出している。

金髪勇者の隣に座っているツーヤは、

「しこたまお酒を飲んでいましたけどぉ……あれで休憩になっているんですかねぇ……」

右手の人差し指を頬にあてながら、思わず苦笑する。

「う、うむ……まぁ、そこは……なんだ……うん……」

金髪勇者はさすがに今のアルンキーツの姿を直視するのはまずいと思ったらしく、巧みに視線を逸(そ)らしながら、しどろもどろの返答をするのがやっとだった。

「ご、ごほん……そ、それにだ……」

気を取り直すために、何度か咳払(せきばら)いを繰り返す。

「作戦決行には、まだ早いからな」

「まだ早い……ですのぉ？」

金髪勇者の言葉に、ヴァランタインは目を丸くする。

そんなヴァランタインに、

「うむ。今、作戦を決行しては、成果がほとんど得られないと言っている」

腕組みをしたまま、きっぱり言い切る。

その言葉を前に、ツーヤは無意識にジト目になっていた。

「……あ、あのぉ……そ、それを言っているのってぇ……」

そんなツーヤへ視線を向けると、

「そんなの、私の直感に決まっておろう！」

ドヤ顔で、きっぱりと言い切った。

その言葉に、ヴァランタインとツーヤは、思わずがっくりと肩を落とした。

（……多分、そうだろうとは思ったけどぉ）

（……やっぱり、意思決定は、直感によるのですねぇ）

ヴァランタインとツーヤは肩を落としたまま、互いに顔を見合わせる。

そんな二人の頭上から、

『まぁ、でも、金髪勇者様の直感は、よくあたるし、問題ないんじゃね？』

ガッポリウーハーの声が響いてくる。

「まぁ……確かに……」

「それもそうですねぇ……」

その言葉に、ヴァランタインとツーヤは思わず苦笑した。

「うむ。ガッポリウーハーよ、よくわかっているではないか」

愉悦の表情を浮かべながら、高笑いを上げた。

一同がそんな会話を交わしている間も、酒瓶を抱えたまま眠っているアルンキーツが目を覚ます気配はなかった。

◇さらに翌日・ある小山の山頂近く◇

小山の頂上付近。

そこに入口がある洞窟の奥深く。


階段状の遺構の上でアンヘルアは体育座りをしていた。

今にも睡魔に負けそうなのか、その頭は前後に大きく揺れ続けている。

何度目かの揺れの後、その額が膝小僧に激突し、

「ふみゃ!?」

痛みのために、すっとんきょうな声をあげながら慌てて立ち上がった。

「いけない、いけないのよね……せっかく魔法陣が完成して、儀式の準備が整ったというのに、居眠りなんかしてちゃだめなのね……」

口の端から垂れている涎(よだれ)の筋を右手でぬぐう。

「……それにしても……おかしいのよね……」

困惑した表情を浮かべながら周囲を見回す。

「銅角狐ぇ！　いないのかしらぁ!?」

右手を口元にあて、周囲に向かって声をかける。

しかし、洞窟の中には彼女の声がこだまするだけで、他の声はまったく返ってこない。

「銅角狐ぇ！」

アンヘルアが再度声を張り上げる。

しかし、やはり返事がない。

「……おかしいのよね……当初の予定だと、陽動作戦を一日かけて行って、今日には、ここに戻ってくるはずなのよね……まさか、何かあったのかしら……」

困惑した表情を浮かべながら、右手の人差し指をこめかみにあてた。

「思念波通信……通じるかしら……」

小さく詠唱すると、指の先に小さな魔法陣が展開していく。

同時に、アンヘルアの眼前にウインドウが出現した。

『……銅角狐、聞こえてるかしら？　聞こえていたら返事をしてほしいのよね』

脳内で、銅角狐に向かって思念波を発信する。

しかし、返答はない。

『……銅角狐？　聞こえないのかしら？』

改めて思念波を発信する。

『……銅角狐？』

思念波を発信すること三回目。

『ア、アンヘルアちゃぁん！』

アンヘルアの脳内に、悲鳴にも似た銅角狐の思念波が飛び込んできた。

同時に、ウインドウに銅角狐の顔が表示されたのだが……。

「ど、銅角狐……その顔、どうしたのよね？」

ウインドウに映し出された銅角狐の顔を確認したアンヘルアは、思わず絶句した。


それもそのはず……。


ウインドウに映し出された銅角狐の顔は、擦り傷だらけになっており、その後方から、鞭らしき物体が、何度もその顔をかすめていたのである。

『そ、それが……ま、魔王軍のとんでもないのに昨日から追いかけられコンコンで……はひぃ……はひぃ……も、もう疲労困憊コンコンで、やばいコンコンなのぉ』

銅角狐は疲労困憊らしく、息も絶え絶えな様子だった。

「ちょ……き、昨日からって……追いかける方も、疲労困憊なんじゃ……」

アンヘルアはそんな事を考えながら、ウインドウの表示を調整していく。

大写しになっていた銅角狐の顔が小さくなり、その後方の様子が見えやすくなる。

そこには、鞭を振るっている大柄なダークエルフの女の姿があった。

そのダークエルフの女——ネロナは、

『ちょこまかとこざかしいやつじゃな。いい加減諦めてお縄につかねぇか！』

銅角狐に向かって大声をあげながら、何度も何度もその手の鞭を振るっていた。

息も絶え絶えになりながら必死に逃げ続けている銅角狐に対し、ネロナはまったく息が乱れていない。

その様子は、さながら必死に逃げる獲物をもてあそびながら狩りをしている猛獣のようにも見えた。

「……な、なんて化け物に喧嘩を売っているのよ……まったく」

困惑しながらウインドウの様子を見つめているアンヘルアだが、不意に、その目が見開かれた。

ウインドウには、相変わらず逃げ続けている銅角狐と、それを追いかけているネロナの姿が映っているのだが、その周囲に映っている森の様子に、アンヘルアはわなわなと体を震わせる。

そして、ウインドウの中のネロナが、激しく鞭を振るい、大音響とともに地面をえぐると、
ズズ……ゥン……。

アンヘルアの体に、振動が伝わってくる。

そのタイミングはほぼ同時だった。

「……その森の様子……今の衝撃……銅角狐……あなた、まさか……洞窟に向かっているのかしら!?」

アンヘルアが困惑しながら思念波を発信する。

そんなアンヘルアの脳内に、

『だって、だってぇ、他に逃げる場所がないコンコン。アンヘルアちゃん、助けてほしいコンコン～』

銅角狐の絶叫が飛び込んでくる。

銅角狐の思念波の内容に、アンヘルアは慌てて魔法の杖を握り直した。

右手で、魔導書を宙に浮かせ、大慌てでページをめくっていく。

「す、すぐそこまで魔王軍の猛者が来ているなんて……も、もう、この秘術を実行するしかないのよね……」

額に幾筋もの冷や汗を滴らせながらも、魔導書の内容を改めて確認していく。

（……大丈夫、きっと上手くいく……この魔導書のとおりにやれば……きっと上手くいくのよ……）

魔導書を指でなぞりながら、記載されている文言を間違えないようにゆっくりと詠唱する。

（……きっと上手くいく……きっと上手くいく……）

自分に言い聞かせるように、何度も何度も『上手くいく』と繰り返しながら、詠唱を続ける。

（……そうなのよ……この超大規模な秘術をばっちりと成功させて……私のことを悪魔導士に認めさせるのよ……）


悪魔導士。

魔族の中でも、魔術に特化した一族として、魔族の中でも一目置かれる存在である一族。

その一族として生まれたアンヘルアは、その中でも特に強大な魔力を体内に有しており、また魔術・詠唱の能力にも恵まれていたこともあり、将来の四天王候補と、周囲からもてはやされていた。

……しかし、
魔導書を収集し、魔術の知識こそ豊富ではあるものの、魔法を使うことに極端に慎重になりすぎるあまり……今まで一度も魔術を使用したことがなく、その実績の無さが仇となり、悪魔導士一族を追放され今にいたる……。

アンヘルアは詠唱を続ける。

しかし、その手は震え、膝は曲がり今にも倒れこみそうになっている。

目はぐるぐるしており、焦点がまったく定まっていない。

それでも、必死に詠唱を続けていく。


ゴゴゴ……。


その足元が振動し、門（ゲート）が光に包まれる。

（……上手くいってる……上手くいってる……）

アンヘルアは自分に言い聞かせながら必死に詠唱を続ける。


次の瞬間。


その足元が紫に輝いた。

同時に、門（ゲート）も紫の光に包まれる。

（……来ちゃあ！　地下世界ドゴログマの魔力を抽出することに成功したのよね！）

アンヘルアの顔に、歓喜の表情が浮かぶ。

（……今、魔法陣の地下の空間に準備しておいた魔力貯蔵用の空魔石の中に、地下世界の魔力がどんどん流れ込んでいるのよね！　この魔力を……ゆっくりと門に注ぎ込んで……）

杖を左右に振りながら、詠唱し続ける。

その動きに併せ、魔法陣を覆っている紫の光が門へ向かって移動していく。

同時に、門の輝きが増し、

ゴゴゴゴゴ……。


石の門がゆっくりと左右に開いていく。

その門の奥から、大きな魔獣の首がゆっくりと出現しはじめた。

（……や、やったのよ！　つ、ついに私は、地下世界の強大な力を持つ魔獣を召喚することに成功したのよね！）

焦点の定まらない目。

ガクガクし続けている膝。

そんな状態にもかかわらず、必死になって詠唱を続ける。


その時。

「ア、アンヘルアァ！　た、助けてコンコン～！」

悲鳴とともに、銅角狐が洞窟内に飛び込んでくる。

その後に続いて、

「えぇい、往生際の悪ぃヤツじゃ！　いい加減諦めて、捕まるんじゃ！」

ネロナも洞窟の中に駆け込んでくる。


そんな二人の足が、同時に止まった。


「……な、何、あれ……コンコン……」

「ちょ……待つんじゃ……あんな魔獣……見たことないんじゃが……」

銅角狐が息も絶え絶えなままその場にへたり込む。

ネロナも鞭を手に持ったままその場で固まっている。

そんな二人の視線の先、門から首を出した魔獣は、龍に酷似した首を伸ばし、その首を二人の方へ向ける。

血走っているその目が、二人を睨みつけた。

GURURURURU……。

唸り声をあげながら、その口が開く。

同時に、喉の奥から湧き出してきた業火が、口の中いっぱいに溜まっていく。

まだ首までしか出現していないにもかかわらず、その太さは門の広さを凌駕しているのだが、地下から注ぎ込まれている魔力が門を巨大化して、魔獣の通過を手助けしていた。

魔獣は門から巨体を出現させながら、銅角狐とネロナに向かって、その口いっぱいに溜まっている業火を吐き出すべく、大きく首を振り上げる。


遺構の上で杖を握っているアンヘルアは、体をガクガク震わせながら、門から首を伸ばす魔獣を見つめていた。

「あわわわわ……あ、あの魔獣を使役しないと……早く……早く……早く……えっと……えっと……えっと……」

アンヘルアは慌てながら杖を魔獣に向ける。

使役魔法を使用すべく、必死になって思考を巡らせる。


しかし……。

「……し……し……し……使役魔法って……どうやるんだったかしら……」

杖を放り出し、魔導書を手でめくっていく。

必死になって使役魔法に関するページを探すのだが、今まで一度も出くわしたことがないシチュエーションを前に、完全にてんぱっているため、何も出来ないまま魔法陣の上でへたり込んでいた。

「しえきまほう……しえきまほう……しえきまほう……」

それでも、必死に魔導書のページを繰り続ける。

「しえきまほう……しえきま……しえき……しえ……し……」

その手が徐々に静止し、わなわなと震えていく。

そして、両手で頭を抱えると、

「あ――――――――――――――――――――――――――――――」

目を見開いたまま絶叫した。

……その時だった。

光輝いていた門(ゲート)から、いきなり光が消え去った。

同時に、アンヘルアの下にある魔法陣の光が消え、遺構も光を失っていく。

次の瞬間、

地下世界から供給されていた魔力によって巨大化していた門(ゲート)が、砕け散った。

魔力が供給されなくなり、門(ゲート)が砕けた結果、門(ゲート)をくぐっている最中だった魔獣の首が、そこで切断されてしまい、

ズズゥーン……。


大音響とともに、地面の上に落下していく。

その光景を、光を失った遺構の上から見つめ続けていたアンヘルアは、何が起きたのかまったく理解出来ないためか、その場にへたり込んだまま、かなりの時間、身動き出来ずにいた。

◇同時刻・遺構の地下◇

遺構の真下にあたる空間。

そこには、地下世界から吸い上げた魔力を貯蔵するための大きな魔石が、石によって固定されていた。

その魔石の前に、ヴァランタインが立っていた。

「あぁん！　この魔力……もうさいっこう！」

恍惚（こうこつ）とした表情で、ヴァランタインが魔石に向かって手を伸ばす。

本来、真上にある遺構に向かって上っていくはずの魔力が、すべてヴァランタインによって吸い込まれていく。

「いいわぁ！　もっとよぉ……もっとちょうだぁい！」

喘（あえ）ぎ声（ごえ）に近い声をあげながら、ヴァランタインは魔力を吸収し続けている。

魔力の消費を抑えるためのセーブモードではなく、本来の妖艶な姿になっていた。


「……なんかさ……ちょっとエッチィよな」

ガッポリウーハーが苦笑しながらヴァランタインを見つめる。

「まぁ、でもぉ、ヴァランタイン様にとっては大事なエネルギー補給ですしぃ」

ガッポリウーハーの言葉に、ツーヤが苦笑しながら言葉を返す。

その頬も、ほんのり赤く染まっていた。

「それよりもぉ……」

その視線を金髪勇者へ向ける。

「ここに魔力が集中するのが、よくわかりましたね、金髪勇者様ぁ」

「んだんだ！」

ツーヤの言葉に、ガッポリウーハーが大げさな仕草で頷く。

「みんなでくつろいでいたら、いきなり、

『今だ！　行くぞ！』

って言うが早いか、ドリルブルドーザースコップで壁をぶち抜いてさ……そしたら、その先に中身が空っぽの魔石があったんだけどさ……」

「すぐにぃ、どこからか魔力が流れ込んできて、さっきまで空っぽだった魔石がぁ、あっという間に魔力でパンパンになったんですもんねぇ」

ガッポリウーハーとツーヤが尊敬の眼差しを金髪勇者に向ける。

「うん……まぁ、こうなるであろうことは、最初からわかっていたんだがな……」

金髪勇者が芝居がかった様子で右手を振り上げ、そのまま額を押さえてポーズをとった。

「この才能が……恐ろしい……」

芝居がかったポーズでビシッと姿勢を固定させ、時間が流れていく。

そんな金髪勇者を目の前にして、ツーヤ達は、

（……うわぁ……）


内心、困惑しながら金髪勇者の前で硬直していた。

ただ一人、ヴァランタインだけは、魔石から魔力を吸いながら恍惚とした表情を浮かべていた。

……しばしの間。

ハッとした表情を浮かべた金髪勇者は、

「いかん、アルンキーツよ、大至急馬車に変化するのだ」

「……え、えぇ!?　ば、馬車でありますか!?」

金髪勇者の言葉に、アルンキーツが困惑した声をあげる。

「し、しかし金髪勇者殿、そこの部屋までならともかく、その先の横穴はかなり狭いでありますゆえ、馬車の姿では通過は難しいかと……」

「そう思って、皆が寝ている間に拡張しておいた」

「え?」

金髪勇者の言葉に目を丸くする。

「いいから、早く変化しろ！」

「は、はいであります」

金髪勇者に促され、慌てた様子で自らの姿を馬車へと変化させていく。

アルンキーツが変化した馬車は自走が可能であり、馬がいなくても走行する。

「さぁ、皆、乗り込め！」

「は、はいぃ」

金髪勇者の声を受けて、ツーヤ、ガッポリウーハーの順番に乗り込んでいく。

「ふぅ……お腹いっぱぁい」

二人に少し遅れて、ヴァランタインが満足そうな表情を浮かべながら馬車に乗り込んだ。

先ほどまで魔力が流れ込んでいた魔石はすでに光を失っており、新たに流れ込む魔力もなさそうだった。

ヴァランタインが乗り込んだところで、金髪勇者が馬車の扉を閉める。

「よし、離脱するぞアルンキーツよ」

『了解であります！』

金髪勇者の言葉に、馬車の天井からアルンキーツの声が聞こえてくる。

その声と同時にアルンキーツが走り出す。

先ほどまで、ガッポリウーハーの能力で豪奢な部屋になっていた空間も、今は岩場がむき出しの薄暗い空間に戻っていた。

アルンキーツの馬車はその中を通過し、その奥にある横穴を高速で移動していく。

金髪勇者の言葉どおり、横穴はアルンキーツの馬車が通過するのに十分な広さに拡張されていた。

その中を、速度をあげながら突き進んでいく。

……しばし後。

ドゴォ！


空になっている魔石の真上、天井部分の岩が、すさまじい爆音とともに崩れ去っていく。

その岩に押しつぶされ、空の魔石は原形をとどめないほどに砕け散り、岩の上にネロナが着地した。

「さっきの妙な魔力は、ここから上がってきたはずじゃが……」

ネロナが周囲を見回す。

しかし、岩石が落下したことによって発生した粉塵（ふんじん）が邪魔になり、遠くまで見通すことが出来ない。

「……くっそぅ……すぐには調査出来そうにはねぇか……仕方ねぇから、さっき捕まえて縛り上げた二人を、ドクソンのところまで連行するか」

不満そうな表情で腕組みをしていたネロナは、先ほど自分が開けた穴を見上げる。

「あの狐族の女と、悪魔導士の女を絞り上げれば、何をやっていたか白状するじゃろうし、もし何かでかい陰謀を暴くことが出来れば、今度こそドクソンもアタシを嫁にする事を本気で考えてくれるはずじゃ……」

ネロナは頬を赤く染め、その場で体をくねらせる。

……その頃。

ネロナが開けた天井の穴の上、床の上に、二人分の体を縛り上げるのに十分な量のロープが、乱雑に放り投げられていた。

その周囲に、人の気配はない。

洞窟から少し離れた森の中。

意識を失っている銅角狐(どうつの)を背負うアンヘルアが、空中を浮遊しながら移動していた。

口に咥えた杖の魔石が輝いており、その力によってアンヘルアが浮遊しているのは間違いなかった。

(……こ、こんなところで……終わるわけにはいかないのよ……私はいつかきっと……きっと四天王になれるほどの大魔導士に……)

アンヘルアはそんな事を考えながら必死に移動速度をあげる。

……その時。

「このクソがぁ！　どこに行きやがったんじゃあ！」

洞窟の方から、ネロナの絶叫が響く。

その怒声は、森中に響き渡るほどの大音量だった。

その怒声が耳に入ったアンヘルアは、

「ひ、ひぃ!?」

杖を咥(くわ)えている口の隙間から悲鳴をあげ、最後の力をふり絞ってさらに飛行速度をあげていく。

二人の姿は、森の奥へと消えていった。

第四章 ドゴログマの超魔獣騒動 8

◇ホウタウの街・フリオ宅近くの湖◇

フリオ宅の近く。

ホウタウ山から、ブロッサム農場・放牧場を抜け、フリオ宅の玄関前を通過する街道がある。

その街道は、そのまま北へ進路を変えて延びており、途中で北と東に分離する。

東に行くと、ホウタウの街。

分岐路からもすでに城壁が見えているため、ホウタウの街へ向かう人は、まず間違うことはない。

北に行くと、森へと続く。

その森の途中に、大きな湖がある。

その湖畔には、一軒の大きな小屋が建っている。

フリオが、一家みんなで遊びにこられるように建設した別荘的な建物である。


ちなみに、建物の向かい。

鬱蒼（うっそう）と茂っている木々の中へ入っていくと、そこには神獣ラインオーナが座っている。

　とある球状世界の守り神となるべき存在であったラインオーナ。

　しかし、精神的に幼かったラインオーナは、自らの欲望を抑えることが出来ず、雌であれば、人種族であろうと、亜人であろうと、魔獣であろうと、見境なく追いまわし、球状世界を崩壊させかねない存在になってしまい、最後は神界の使徒達(たち)の手によって捕縛され、地下世界ドゴログマへ幽閉されたのであった。


　木漏れ日の中、ラインオーナは優雅に体を休めつつ目を閉じている。

「……あの頃の私は、なんとおろかであったことか……」

　過去の事を思い出していたのか、そんな言葉を口にする。

「この世界にやってきて、姫と出会えた事で私は変わった……まさに、あの出会いは運命であった」

「ラインオーナさん！」

　考えを巡らせているラインオーナに声をかけたのは、リルナーザだった。

「おぉ、これは我が姫」

　嬉(うれ)しそうな声をあげると、目を開き、笑みを浮かべる。

　その視線の先には、狂乱熊姿(サイコベア)のサベアに騎乗し、笑顔で右手を振るリルナーザの姿があった。

　サベアは、大きな荷車を引いており、その中にはブロッサム農場で収穫されたばかりの野菜や果物が山積みになっている。

「もう、ラインオーナさんってば、その姫というのはやめてくださいって、いつも言ってるじゃありませんか」

リルナーザが苦笑する。

その周囲には、鳥系の魔獣や小型の魔獣達が集まっており、皆、一様にリルナーザに対して好意を示している。

調教の能力に長けているリルナーザは生まれつき魔獣達に好かれており、その結果、ラインオーナまで手懐け、改心させてしまったのである。

「さぁ、ラインオーナさん、朝ごはんですよ」

荷車をラインオーナの前に移動させたリルナーザは、満面の笑みでそちらを振り返る。

「うむうむ、毎日ありがたき幸せ」

そう言って、荷車へ首を伸ばす。

「……しかし、姫。いつも言っておりますが、街道をお一人で来られますのは、あまり関心しません。姫の調教能力は、知性の低い魔獣には効果が薄い……確かに、この湖一帯は、私の威光により、邪な魔獣達が近寄ってくることはないとはいえ……」

「ご心配ありがとうございます」

ラインオーナの言葉に、リルナーザは笑顔で頭を下げる。

「サベアさんや、みんなも一緒に来てくれていますし……それに今日はワインお姉ちゃんも一緒に来てくれています」

「ほう、ワイン殿まで……」

その言葉に、ラインオーナは周囲を見回す。

しかし、リルナーザの周囲はおろか、ラインオーナが鎮座している木々の近くにも、ワインの気配はなかった。


……のだが。


「リヴァリヴァ！　おっはよぉ〜！　おっはよ〜！」

不意に、ワインの元気満々の声が響き渡った。

それは、ラインオーナの森の前に広がっている湖の方から聞こえてきた。

ラインオーナが声の方へ視線を向ける。

同時に、リルナーザやサベア達もそちらへ視線を向けていく。

そんな一同の視線の先では、水龍の姿をしたリヴァーナに抱きつき、湖の中から引っ張り上げているワインの姿があった。

——リヴァーナ。

フリオ家の養女として迎え入れられた水龍族の女の子。

一見知的に見えるのだが、幼少の頃より最後に勝つのは腕力だと育てられてきたため、現在は完全な「脳筋」状態。

魔法の素質には恵まれており、コミュ障克服もかねて現在ホウタウ魔法学校に通学中。

『わ、ワイン姉さん……い、いきなり……』

水龍姿のリヴァーナが困惑した声をあげる。

ワインはそんなリヴァーナに抱きついたまま、背の羽の力だけで、その巨体を軽々と持ち上げる。

「だってだってぇ、リヴァリヴァってば、いつも家で寝ないから、寂しいの！　寂しいの！」

笑顔でリヴァーナの体に頬ずりしていくワイン。

『さ、寂しいって……そんな』

ワインの言葉に、リヴァーナは困惑した様子を見せる。

リヴァーナには、フリオ家の子供達の部屋の中に専用のスペースが設けられている。

しかし、水龍であるリヴァーナは、ベッドで寝るよりも、水龍の姿で湖の中で休息する事を好んでおり、この湖にいる事が非常に多かった。


空中で、その姿を人種族型へ変化させたリヴァーナは、

「と、とにかく、早く降ろして……」

「あはは！　いいじゃない！　いいじゃない！　このまま朝ごはん食べに行こう！　行こう！」

「わ、わかりました。わかりましたから……せめて、服を……」

ワインの言葉に、困惑した声をあげる。

その言葉どおり、今のリヴァーナは、水の中にいたこともあってか、衣類を一切身に着けていなかったのである。


そんなワインとリヴァーナの様子を、リルナーザは苦笑しながら見つめていた。

「……と、いうわけで、この後はリヴァーナお姉さんも一緒に帰ってくれると思いますので……はい、大丈夫です」

「うむ……そうですな……」

リルナーザの言葉に、ラインオーナは笑いをこらえながら返事をする。

いつもは静寂に包まれている、この湖畔。

しかし、今朝の湖畔は、この後もしばらく賑やかだったという。

◇ホウタウの街・フリオ宅◇

リルナーザ一行がラインオーナに食事を運び、家に戻った後。

フリオ家のリビングでは、リースとタニア、ヒヤの三人が忙しそうに動き回っていた。

「はい、これは一人一皿ですわ」

手に摑(つか)んだお皿だけでなく、腕にも料理が盛り付けられているお皿を乗せているリースが、笑顔で皆の間を駆けまわる。

「こちらの大皿は、三人で共有願います」

その横では、大皿料理を二皿、それぞれの手で持っているタニアが早足で運ぶ。

「さぁ、こちら、奥方様特性のスープになります」

ヒヤが腕を一振りすると、すべての席にスープ皿が出現し、宙に浮いている寸胴(ずんどう)鍋からスープをすくったお玉が空中を移動し、皿へ注いでいく。

そんなリース達の様子を、椅子に座って見ていたフリオは、

「リース、僕も手伝おうか？」

そう言って椅子から立ち上がろうとする。

そんなフリオの後ろへ駆け寄ったリースは、

「旦那様！　それはいけませんわ！」

そう言うと、空いている手をフリオの肩に乗せ、その体を椅子へ押し戻す。

「リ、リース……」

そんなリースの行動に、フリオは思わず苦笑する。

「旦那様は、この群れの主なのです、主は、常に群れの中央にでーんと構えていただきませんと！　それ以外の事は、このリースが妻としてすべてとりしきらせていただきます。えぇ、妻として！　妻として！」

必要以上に『妻』を協調しながら胸を張った。

「さ、そういうわけですので、旦那様はこのままお待ちくださいませ。すぐに皆へ配膳してしまいますわ」

そう言うと、踊るような足取りで台所へ向かって駆けていく。

そんなリースの後ろ姿を見送ったフリオは、

（……あそこまで言われたら仕方ないか）

観念したように苦笑しながら、改めて椅子に座り直した。

そんなフリオの近くに、ガリルの姿があった。

「ガリル様、失礼します」

その横から姿を現したタニアが、料理の乗ったお皿をガリルの前に置く。

次いで、

「奥方様、失礼します」

そう言うと、ガリルの隣に座っている姫女王こと、エリザベートの前に置いた。

「お、奥っ……」

エリザベートはタニアの言葉に耳まで赤くし、両手で顔を覆った。


数日前……。

リニューアルオープンしたホウタウ訓練場の視察と称して、ホウタウの街を訪れていたエリザベート。

もっとも、これは最近疲れ気味だったエリザベートに休息をとらせるための、第二王女の配慮であり、その護衛として、ガリルも一緒に派遣していた。


……しかし。

「あ、あの……わ、私は、ちょっと休憩させて頂くだけのつもりだったのですが……ま、まさか、丸々一日眠ってしまうなんて……そ、そのうえ、お食事までお世話になってしまい、なんと申し上げればよろしいのか……」

エリザベートは困惑しながらも、どうにか言葉を続ける。

そこは、姫女王として、日々、様々な政務をこなしているおかげと言えた。

「と、とにかくですね……この食事を頂きましたら、すぐにクライロード城へ戻りますので……」

「あら、エリザベートお姉様。そんなに急ぐ必要はないですわん」

「へ!?」

隣から聞き慣れた声が聞こえてきた事に目を丸くする。

声の方へ視線を向けると、そこには第三王女ことスワンが座っていたのであった。

「ス、スワン!? い、いつここに来たのですか!?」

「いつと言われますと、昨夜の事ですわん」

「昨夜!?」

スワンの言葉に、エリザベートがさらに目を丸くする。

「えぇ、エリザベートお姉さまがぐっすりお休みになっていると、フリオ様から連絡を頂きましたですわん。そうしたら、ルーソックお姉様が、

『せっかくだから、一週間ほどしっかり休んでくるよう伝えてきて』

と、言われまして、着替えなどをお持ちいたしましたのですわん」

「あ、ありがとう、スワン」

立ち上がり、スワンに向かって深々と頭を下げる。

「……あれ……」

何かに気が付いたエリザベートは、首を傾げる。

「あの……スワン？」

「はいですわん」

「あなた……昨夜ここに来たのですわよね？」

「えぇ、そうですわん」

「それで……なぜ今もいるのですか？」

「それは、ルーソックお姉さまが、

『せっかくだから、お前も休暇を消化してくるように』

と、言ってくださったのですわん」

エリザベートの言葉に、スワンは大きく頷く。

エリザベートはそんなスワンを見つめながら、

（……そ、そういえば、スワンもしばらく休暇をとっていなかったですわね……で、でも、それを言ったら。ルーソックもかなりの期間、休暇をとっていないはずですわ……それを考えると、一週間もお休みをとるわけには……少しでも早く戻って、その分、ルーソックにもお休みを……）

そんな事を考えていた。

「あ、それじゃあエリーさん」

そこに、エリザベートの隣に座っているガリルが声をかける。

「せっかくですし、のんびりしていってくださいね。僕が護衛を兼ねて案内させていただきますので」

その顔に、満面の笑みを浮かべている。

その笑顔を至近距離で見つめることになったエリザベートは、頬を赤く染め、口元を両手で押さえた。

「え……えっと……その……わかりました……よ、よろしくお願いいたします……」

うつむきながら、どうにかして小声でそう応えるのがやっとだった。

「わかりました。お任せください」

そんなエリザベートに、ガリルはさらに笑顔を返す。


そんなエリザベートとガリルのやり取りを見ていたリルナーザは、満面の笑みを浮かべると、

「じゃあ、スワンちゃんも一週間お泊り出来るのですね！」

そう言うと、隣に座っているスワンに抱きついた。

（……ふ、ふ、ふおおおおおおおおおおおおおおおお!?）

リルナーザにいきなり抱きつかれたことで、スワンはその場で固まる。

かつて、魔獣と接することが出来なかったスワン。

それを克服するために、魔獣と仲良しなリルナーザと一緒に過ごすうちに、リルナーザに対して好意にも似た感情を抱くようになっていたのであった。

（……リリリ、リルナーザさんが……リルナーザさんが……）

リルナーザに抱きつかれたことで、スワンは耳まで真っ赤にし、微動だにしない。

そんなスワンを、

「一週間も一緒にいられるのです！　いっぱいいっぱいいっぱい遊びましょうね！」

リルナーザは満面の笑顔で抱きしめ続けていた。

いつの間にか、その背後には、リビングの奥にある小屋の中にいたはずのサベアやタベア達が集まってきており、耳まで真っ赤になっているスワンの顔をぺろぺろと舐めていたのであった。

そんなエリザベートやスワン達の様子を、苦笑しながら見つめていたリースは、

「はいはい、配膳が終わったから、まずはごはんを頂きましょう」

そう言うと、フリオの隣に座る。

「さ、旦那様」

リースの言葉に、

「うん、わかった」

フリオが頷く。

一度大きなテーブルに座っている一同を見回すと、

「じゃあ、頂きましょう」

両手を合わせ、

「頂きます」

そう声をかける。

それに呼応し、テーブルについている他の面々も、フリオに併せて両手を合わせた。

「「「頂きます」」」

こうして、いつものように、フリオ家の朝食の時間が始まっていくのだった。

朝食が始まってしばらくの時間が経過した。

ほぼ全員が食事を終え、

「さぁ、食後の紅茶はいかがでありんすか？」

手に煎れたての紅茶が入っているティーポットを持ったチャルンが、テーブルの周囲を歩く。

「あ、あの……お願いしてもよろしいでしょうか？」

エリザベートがおずおずと右手をあげる。

そんなエリザベートに、満面の笑みでチャルンが近寄る。

事前に置かれているティーカップに、ティーポットから紅茶を注いでいく。

「さぁ、冷めないうちに召し上がれ」

「ありがとうございます」

チャルンの言葉に、笑顔で応じる。

ゆっくりとカップを口に運び、紅茶に口をつけた。

「……お、美味しい……」

無意識のうちに大きく息を吐き出し、感嘆の声を漏らす。

「お気に召したようで、恐悦至極でありんすえ」

チャルンはエリザベートに恭しく一礼する。

「チャルンちゃんの紅茶は、お店でも大人気じゃからな」

椅子に座っているカルシームは、エリザベートよりも先に入れてもらっていた紅茶を飲み干しながら、まるで自分が褒められたかのように、嬉しそうに顎の骨をカタカタと鳴らした。

一同が、そんな感じで食後のひと時を満喫していると、

トントン。


フリオ家の玄関がノックされた。

「ふむ、ずいぶん朝早い来客だな」

ゴザルが玄関へ視線を向ける。

そんなゴザルに、リースは、

「あら？　ちゃんと朝食が終わった頃合いを見計らって来訪しているのですよ。別に問題はありませんわよ。どこかの魔王は朝食前に訪ねて来て、ずうずうしくも朝食までご馳走（ちそう）になって帰っていったではありませんか」

いたずらっぽい笑みを浮かべながら、玄関に向かって小走りで駆けていく。

そんなリースの言葉に、ゴザルは、

「そういえば、そんな事もあったかな」

思わず苦笑し、笑い声をあげた。

「はーい、どちら様ですか？」

リースが声をかけながら玄関のドアを開ける。

玄関の向こうには、フィナとテルビレスが立っていた。

「朝早くからお邪魔してしまい、申し訳ありません」

フィナがリースに深々と頭を下げる。

「いえいえ、食事は終わっていますので問題ありませんわ。それよりも、どうかしたのですか？」

「あ、はい……実は、フリオ殿に、伝達事項と、お願いしたい案件がございまして……」

「伝達事項と、お願いしたい案件ですか？」

フィナの言葉に、少し首をひねるリース。

すると、

「僕に御用みたいですね」

リースに続いて玄関にやってきたフリオが、二人に向かって声をかけた。

その後、リビングに併設されている応接室へ二人を通したフリオ。

「お茶でありんす」

チャルンが並んで座っているフィナとテルビレスに、紅茶を注いだティーカップを置いていく。

フリオ家では、来客時のお茶の対応も、チャルンが行うのが通例となっている。


「ご丁寧にありがとうございます」

ソファに座ったままフィナが一礼する。

そんなフィナの隣で、テルビレスはティーカップを手に取って口に運ぶと、

「んー……これはこれで美味しいんだけど……私的にはですねぇ、どっちかというと、お酒の方がぁ……」

チラチラとチャルンを見ながら、そんな言葉を口にする。

「お酒……で、ありんすか?」

その言葉に、チャルンが少し困った表情を浮かべる。

すると、テルビレスの隣に座っているフィナは、

「い、いえいえ……今のは忘れてください」

作り笑いを浮かべながら、テルビレスの太ももを思いっきりつねった。

「みぎゃあ!?」

すさまじい痛みに、テルビレスがその場で飛び上がる。

そんなテルビレスの事などお構いなしとばかりに、フィナはフリオへ視線を戻した。

「そ、それよりも、神界の女神より、フリオ殿への連絡を頼まれておりまして……」

「お願いですか……それはどういう内容なのですか?」

「いくつかあるのですが……まずですね、フリオ殿が神界に提出されていた地下世界ドゴログマへの侵入許可が下りたとのことです。期間にして、一週間」

「「一週間!?」」

フィナの言葉に、フリオとリースが同時に声をあげる。

「ずいぶん長いのですね。今までだと、長くても三日だったと思うのですが」

フリオの言葉に、フィナが頷く。

「えぇ、長期滞在が認められたのには、当然ですが、神界の思惑がございまして」

「神界の思惑……ですか?」

「はい。そうなのです」

そう言うと、フリオの前にウインドウを表示させる。

「これは、最近、水晶撮影装置によって撮影されたドゴログマの様子なのですが……」

そう言いながら、ウインドウの一点を指さす。

その指の先には、ドゴログマの森の上を飛翔(ひしょう)している、翼龍に似た魔獣の姿が映っていた。

フィナはそれを指さし続けている。

すると、その指の少し下、森の中から巨大な魔獣が出現し、真上に向かって飛翔すると、森の上を飛翔していた翼龍に似た魔獣を一口で咥えてしまう。

その噛みつきが強力だったためか、翼龍に似た魔獣は、飛翔してきた魔獣の口に咥えられたまま、ピクリとも動かなくなっていた。

そこで、ウインドウを操作し、映像を一時停止させる。

表示を拡大させ、魔獣の顔をアップにしていく。

「この魔獣なのですが……実は、地下世界ドゴログマの環境によって進化してしまった厄災魔獣……いえ、厄災超魔獣とでも言うべき存在でして……何百年もの間、厄災魔獣をドゴログマに幽閉し続けた結果、厄災魔獣達の間で繁殖や、弱肉強食の争いなどが発生し、いままでに確認されていた魔獣とはまったく違う、この狂暴かつ凶悪な魔獣が生み出されてしまったらしいのです……」

「へぇ……そうなんですねぇ」

フリオはウインドウをまじまじと見つめつつ、フィナの説明を頷きながら聞いている。

その横で、リースも腕組みをしたまま、食い入るようにウインドウを見つめていた。

「そ、それで……ん……」

フィナはそんな二人を交互に見ながら、その先の言葉を口にするのを躊躇しているらしく、言いにくそうにしている。

……すると。

フィナの隣で、それまでの会話をニコニコ笑いながら聞いていたテルビレスが、

「それでぇ、フリオ様には、この超魔獣さんの調査をしてほしいといいますかぁ、神界の意向としてはぁ、あわよくばぁ、この超魔獣さんを退治していただけないかということでしてぇ」

楽しそうに笑いながら、陽気な口調でフリオとリースに言葉を向ける。

「ちょ!? テ、テルビレス!?」

その言葉に、フィナは思わず目を丸くする。

慌てた様子で、テルビレスの口を押さえた。

そして、自分の口をテルビレスの耳元へ近づけると、

「なんであっさり言っちゃうんですか！　どう考えても、神界の尻拭いをしろと言っているようなものじゃないですか！　神界の使徒ですら対処出来ない超魔獣の対応を、球状世界の住人に託すなんて、どう考えても無茶ぶりでしょうに！」

テルビレスの口を激しく押さえながら、そんな言葉を矢継ぎ早に続ける。

フィナに口を押さえられたままのテルビレスは、

「もが！　もがが！　もがががが！」

必死にもがきながら何かを言おうとしてはいるものの、口を押さえられているために、妙な言葉

しか出てこない。

そんな中、ようやくフィナの拘束を抜け出したテルビレスは、

「ぷはぁ……だってぇ、そうしないとぉ。フィナちゃんと私が対処しないといけないんですよぉ？

そのうえぇ、フリオ様の地下世界行きもなしになっちゃうんだしぃ……どっちも嫌なら、神界で審問を受けなきゃいけないんだしぃ……」

「ちょ!?　な、何を……そ、それは今は関係なくて……」

改めて口を押さえようとするフィナの手を、テルビレスはどこか楽しそうに避ける。

そんな二人の様子を、フリオは苦笑しながら見つめていた。

◇魔王城・玉座の間◇

魔族領の中央。

そこに魔王の住む、魔王城がある。


その中の一室。

玉座の間には、歴代の魔王が座してきた玉座が置かれている。

その玉座へ続く階段に、魔王ドクソンが腰を下ろしていた。

かつて、ユイガードを名乗っていた魔王ドクソンは、自らの暴走のせいで魔王軍が壊滅しかけた事を恥じ、

『俺はまだ魔王の器じゃねぇ』

と、玉座に座ることを良しとせず、その前の階段に座ることを常としていた。


そんなユイガードの前に、側近のフフンが立っていた。

手元の書類に目を通しながら、右手の人差し指で、伊達メガネをクイッと押し上げる。

「……と、いうわけで、各地で発生していた魔族によるゲリラ活動は、その首謀者らしき二人の魔族をネロナ様が一度は捕縛に成功し、その拠点の破壊には成功したとのことですが、拠点の事後調査を行っている最中に逃亡し、その後、行方不明とのことでございまして……」

「ふむ……んで、その後のゲリラ活動の方はどんな感じなんだ？」

「はい、その首謀者が逃亡した後は活動が再開した様子はないとのこと。引き続き、ベリアンナ様、ザンジバル様が、警邏を行ってくださっておりますので、万が一の場合にも、すぐ対応可能かと……」

フフンの報告を聞きながら、魔王ドクソンが満足そうに頷く。

すると、一通の手紙を取り出した。

「魔王ドクソン様、それは？」

「ん？　あぁ、……野暮用とでもいうか……」

手紙を開き、その内容に目を通しながら、大きく息を吐き出した。

「どうなさいました？　魔王ドクソン様」

「いや、なんでもねぇ……それよりも、すまねぇが少し出かけてくる。何かあったら思念波通信で報せてくれ」

「は、了解いたしました」

魔王ドクソンの言葉に、フフンが恭しく一礼する。

魔王ドクソンは立ち上がり、玉座の間を後にした。

（……今回のゲリラ活動への対処方法……以前の魔王ドクソン様でしたら、

『なんだとぉ！　俺の方針に従えないって言うのかよ！　この俺様が直々に出向いてギッタンギッタンにしてくれるわ！』

と、激高し、後先考えずに、ゲリラ達を追いまわし……その結果、無駄に戦力を浪費するばかり……）


フフンは、かつてユイガードと名乗っていた時代の魔王ドクソンの蛮行を思い出していた。

反乱を起こしたザンジバルに対し、自ら出向いて討伐しようとした結果、ザンジバルに翻弄されまくり、無駄に戦力を浪費し、気が付けば、魔王軍を崩壊寸前の状態に陥らせてしまったのであった。

（……しかし、今の魔王ドクソン様は常に魔王城に待機し、戦況を確認しながら、万が一に備えておられ……本当に成長なさいました……）

思わず、目の端に涙をあふれさせる。

……ですが……。

その表情が、不意に曇った。

（……昔のように、

『俺の命令に従えないっていうのか！　あぁ！』

と、言いながら、私の事をぶん殴って我を通そうとなさる、あの荒々しさも……）

かつてぶん殴られたことがある自らの頬を右手で押さえながら頬を赤く染め、衝撃を思い出して体をくねらせながら、熱い吐息を漏らす。

……ぶん殴られることに快感を感じる女、フフン……生粋のドＭであった。

◇魔王領とクライロード領の国境近く◇

魔王領とクライロード領の国境近くにある、とある森の先に、小山がいくつか連なっている場所があった。

その小山の一つ、その頂上付近に洞窟の入口がある。

その入口の前に、エリナーザの姿があった。

浮遊魔法を使用して宙に浮いているエリナーザは、洞窟の周囲を見回しながら中へ向かって進んでいく。

「……変な魔力を探知したから来てみたけど……何かあったのは確かみたいね」

洞窟の壁の様子を確認しながら、頷く。

その言葉どおり、洞窟の壁は破壊されており、いつ崩落してもおかしくない状態だった。

魔法で、壁を補強しながら奥に入っていく。

しばらく進むと、古代の遺構が姿を現した。

……しかし。

中央近くにある階段状の遺構は瓦解し、その近くには大きな穴が開いている。

周囲の壁も崩壊しており、かつての姿を想像するのが難しい程になっている。

「……関係者がいれば記憶写しの魔法で、何があったのか調べることが出来るんだけど……洞窟の周辺には魔獣の気配すらないわね」

探索魔法を展開し、洞窟の周辺の様子を確認したエリナーザは、浮遊したまま遺構の残骸の方へ移動する。

「……あら？　これは……」

遺構の最上部に上がったエリナーザは、遺構の上に着地し、片膝をつく。

手で床の上に溜まっている粉塵を払った。

「……魔法陣の跡……しかも、これ、かなり新しいわね」

魔法陣に指を這わせながら周囲を見回す。

ふと、石の欠片が山積みになっている場所が目についた。

歩いていき、その石を手に取る。

「……これは……ただの石ではないみたいね……」

手に持っている石に向かって魔法陣を展開する。

石を解析していたらしい魔法陣の上に、ウインドウが表示され、その中に文字が表示される。

「……地下世界への……門の欠片……？」

その内容を確認したエリナーザは、改めて石の山へ視線を向けた。

その石の塊に向かって、再度、解析魔法陣を展開していく。

すると、その上に、

『地下世界への門（ゲート）　欠片』

と表示されていた。

「……ふぅん……これは、何かに使えそうね……」

そう言って門（ゲート）の欠片に向かって右手を伸ばす。

魔法陣が展開し、その中に石の破片が次々と吸い込まれていく。

それを回収しながら、改めて周囲を見回す。

その視線が遺構の裏側、その一角へ注がれた。

「あら？……あの穴……あの下に何かあるみたいね」

石を回収し終わったエリナーザは、その場から浮遊して穴の上に移動すると、その中へと下りていく。

下には大きな空間があり、中に……。

「……あら？　これは……」

穴の中に横たわっている物体を前にして、エリナーザは首を傾げた。

◇ホウタウの街・フリオ宅◇

その日のお昼前。

フリオ家の前には、多くの人々が集まっていた。

「どうにか、仕事の方は一段落出来たニャ。最近はヤーヤーナ達がしっかり仕事をこなしてくれているニャし」

「アタシは、午前中は農場の作業の指揮をしなきゃいけないから、朝だけは戻ってくるつもりだけどさ」

「……お母……一日遊んでくれないの？」

「う、うぐ……そ、そんな目で見ないでくれよコウラ……」

「そういえば、地下世界にはぁ、龍のような魔獣さんがいるんですよねぇ？」

「……大丈夫、ビレリー。ブロッサムが龍討伐者（ドラゴンスレイヤー）だから」

「ちょ!? べ、ベラノォ!?」

「そして、これが龍を退治せし聖なる鍬（くわ）……」

「だ、だからなんでそれを持ってきてるんだよ!?」

そんな会話を交わしていた。


そこに、リースが駆け寄ってくる。

右手をあげ、リースが一同を見回す。

「さぁ、みんな。もうじき出発ですわよ」

リースの言葉に、皆が集まってくる。

そこには、フリオ家の面々の大半の者達が集まっていた。


フリオ家に残るのは、タニアとガリル、リルナーザに加えて、現在フリオ家に滞在しているエリザベートと、スワンの五人だった。

「エリザベートさんとスワンさんは、念のために超魔獣の調査が終わってからお呼びしますね。その時には、ガリルとリルナーザに案内をしてもらいますので」

フリオはいつもの飄々(ひょうひょう)とした笑みを浮かべながら、エリザベート達に声をかける。

「あ、いえ……ご配慮くださり、ありがとうございます」

そんなフリオに、エリザベートはお礼を述べながら一礼する。

(……ガ、ガリルくんが一緒に残ってくださるのでしたら……)

チラッとガリルの横顔を見上げる。

その視線の先、ガリルは、

「父さん、わかったよ。こっちの事は任せてください」

その顔に爽やかな笑みを浮かべ、フリオへ返事をした。

その横顔に、思わず頬を赤らめてしまう。


姫女王ことエリザベート。

政務に没頭し続けた結果、男性との交際経験がないままアラサーを向かえたため、恋愛についてはほとんど経験がないのであった。


「私も、ガリルお兄ちゃんと一緒に頑張ります！」

その横で、リルナーザが元気な笑顔とともに右手をあげる。

さらにその横には、私服に着替えているスワンが立っていた。

そんなスワンの手を、リルナーザがいきなり引き寄せる。

「ほぇ!?」

リルナーザのいきなりの行動に、スワンが思わず顔を真っ赤にしてしまう。

そんなスワンをリルナーザが抱き寄せた。

「それまで、リルナーザちゃんと楽しく遊んでいます」

それに呼応するように、リルナーザの背後にサベア一家が集まり、二人を取り囲む。

そんな一同の様子を確認したフリオは、

「それじゃあタニア、後のことはよろしくね」

ガリル達の後方に控えているタニアへ声をかける。

「はい、後のことはすべてこのタニアにお任せくださいませ……」

タニアがスカートの裾を持ち上げながら、深々と頭を下げる。

頭を下げる直前、タニアの視線はフリオの後方に控えている、フィナとテルビレスへと向けられていた。

その視線は、まるで、

（……皆様に迷惑をかけるような行動をするようでしたら……わかっていますね？）

そう圧力をかけているかのようだった。

その、すさまじい圧力を前に、フィナは思わず後ずさりしてしまっていた。

（……わ、わかっております……神界だけでなく、私の個人的な都合に、フリオ様達を巻き込む形になっているのです……極力、我々だけでなんとか……）

そんな事を考えながら、生唾を飲み込んでいくフィナ。

そんなフィナの隣では、なぜかご機嫌な様子のテルビレスの姿があった。

「……あの……なんでそんなに楽しそうなのですか？……これから超魔獣の調査・討伐に向かうのですよ？」

フィナが困惑した表情を浮かべる。

「え～だってぇ」

そんなフィナの前で、テルビレスは相変わらずお気楽な笑顔だった。

「超魔獣でしょう？　超魔獣！　そんな魔獣が出現するのって地下世界史上初じゃない……あ～、

どんな味がするのかしらぁ、どのお酒に合うかしらぁ」

頬を上気させながら、気持ちの悪い笑顔を浮かべている。

よく見ると、背負っているリュックサックの中からは、一升瓶の先が顔を覗かせている。

その光景を前に、フィナはがっくりと肩を落とした。

（……テルビレス様が、女神の座をはく奪されたのがよくわかります……）

思わず、大きなため息を漏らした。


一部でそんなやりとりがされる中、そんな一同を見回したフリオは、

「じゃあ、地下世界へ向かおうか」

そう言うと、向きを変えて家の前へ移動する。

そこで右手を伸ばし、詠唱をしていく。

フリオの詠唱に呼応して、地面の上に大きな魔法陣が展開し、その中から大きな扉が出現する。

異世界である地下世界ドゴログマへ転移するための扉である。


常に移動している他の球状世界への転移は特例をのぞき不可能なのだが、球状世界の下に、移動することなく広がっている地下世界ドゴログマへは、転移することは可能だった。

もっとも、転移するためには神界魔法に属している転移魔法を使用出来る者のみ、という前提条

件がつくのだが……。

「……さて」

フリオは赤い光を放っている転移扉が安定したのを確認すると、腰に着けている魔法袋から魔法札を取り出していく。

その札は、地下世界ドゴログマへ入場する際に、侵入禁止魔法を解除するための物であり、神界から地下世界ドゴログマへ入場を許された者にのみ配布される使い捨てのアイテムである。

その札を、出現した転移扉に貼り付ける。

すると、輝いていた転移扉の色が、赤から青に変化していく。

（……フィナさん達がいるから、手順に従っているけど、実は転移扉の封印、解除出来るんだよね……）

内心でそんな事を考えながら、扉に手をかける。

それもそのはず……。

女神の加護により『超越者』のスキルを習得しているフリオは、一度その身に受けた魔法であれば、その系統の魔法すべてを習得することが出来る。

そして、すでに神界魔法も習得しているフリオだけに、その気になれば、封印解除札を生成することも容易かった。

しかし、それが神界にばれると、地下世界ドゴログマへ侵入することを完全に禁止されかねないため、自重していたのであった。


「じゃあ行きましょう」

そう言ってフリオが扉を開く。

その視線の先には、大きな湖が広がっている。

「湖……」

その光景に、真っ先に反応したのはリヴァーナだった。

水龍であるリヴァーナは、フリオに続いて地下世界ドゴログマへ駆け込むと、湖に向かって駆け出しながら、身に着けている衣服を脱ぎ去っていく。

「あははぁ！　ワインも！　ワインも！」

それに続いて、ワインが背にワイバーンの羽を具現化させた状態で飛翔しながら扉の向こうへ飛び込んだ。

いつも身に着けているポンチョを脱ぎ去り、すっ裸の状態なのは言うまでもない。

「こら！　リヴァーナ！　ワイン！　待ちなさい！　服はちゃんと着なさい！」

その後を、二人が脱ぎ散らかした衣服を拾いながらリースが駆けていく。

その姿を牙狼に変化させ、高速で二人の後を追いかけていく。

（……ワインだけじゃなくて、リヴァーナまではしゃいじゃって……困ったもんだなぁ）

フリオは苦笑しながら、二人の様子を見つめていた。

転移扉の内側に立ち、扉が閉まらないよう手で押さえている。

フリオ家の面々は、そんなフリオの横を通りながら、地下世界ドゴログマへと移動していく。


転移扉の向こう。

地下世界ドゴログマには、広大な湖が広がっている。

その横には崖があり、そこから膨大な量の水が湖の中へと落下していく。

水量はかなり豊富であり、水音が周囲に響き渡っている。


湖の中では、気持ちよさそうに水の中を泳いでいるリヴァーナと、そのリヴァーナの真上を並走するかのようにワインが飛翔していた。

湖畔から、

「二人とも！　せめて水着を着なさい！」

声を張り上げているリースの姿があった。

滝の裏、崖の岩場には、大きな屋敷が存在している。

岩場をくりぬく形で形成されているその屋敷、フリオの別荘の上部には、無数のガーゴイルの石造が並んでいる。

その屋敷に向かってフリオ家の面々が歩いていく。

「家の中は、ガーゴイル達が清掃してくれているから綺麗(きれい)だろうけど、まずは掃除からだな」

バリロッサが先頭を歩きながら気合を入れる。

「フォルミナも手伝うの！」

「……ゴーロも、一緒にお手伝いする」

バリロッサの足元に、楽しげなフォルミナとゴーロが付き従っていく。

その後方に、スレイプ一家や、ベラノ一家、ウーラ一家とブロッサム達が続く。

皆、久々の地下世界ドゴログマで過ごす休暇を前にして、楽しそうな声をあげていた。

そんな一同の様子を、フリオは転移扉の場所に立ったまま見つめる。

「……あとは……」

そう言いながら、その視線をクライロード球状世界側へ向けた。

しばらくそちら側を見つめていると、その視線の先、地面の上に魔法陣が展開し、その中からエリナーザが姿を現した。

「パパ、遅くなってごめんなさい」

　エリナーザは魔法陣を解除すると、転移扉に向かって駆け出した。

「いやいや、全然大丈夫だよ。それよりも、変な気配の調査を任せちゃってごめんね」

「ううん。全然大丈夫！」

　エリナーザが首を左右に振る。

「パパは地下世界ドゴログマに行く準備で忙しかったんだもの。そんな時にパパの代わりになれるのは、とっても嬉しいことだもの」

　いつもクールなエリナーザが、満面の笑みを浮かべている様子は、かなり珍しい。


　そんなエリナーザが、地下世界ドゴログマへ移動すると、

「じゃあ、今日の移動予定者はみんな移動し終わったから、一度転移扉を閉じるね。調査が終わったら、改めて向かえに来るから」

「わかったよ父さん。気を付けて」

　フリオの言葉に、笑顔で頷くガリル。

　二人がそんな会話を交わした後、扉が閉まり、その姿はフリオ家の前から消え去っていった。

「……さて」

転移扉が閉鎖した事を確認したフリオが振り向くと、その視線の先に人々が集まっていた。

フリオの妻リース。

フリオの娘エリナーザ。

フリオ家の居候魔人ヒヤ。

元神界の使徒フィナ。

元神界の女神テルビレス。

以上の五人。

「じゃあ、早速厄災の超魔獣の調査を行いましょうか」

「お任せくださいい旦那様！　このリースがあっという間に見つけ出し、光の速さで討伐してみせますわ」

リースが気合の入った表情で、シャドーボクシングのように前方にパンチを繰り出す。

「僭越(せんえつ)ながら、このヒヤもお手伝いさせていただきますゆえ」

そんなリースに、ヒヤが恭しく一礼する。

気合満々な様子の二人に対して、

「焼こうかなぁ……煮ようかなぁ……案外お刺身もいけるかもぉ……」

テルビレスだけは、別方向の期待に胸を膨らませていた。

「いい加減にしてください！　まだ発見すら出来ていないのですよ？　この広大な地下世界ドゴログマの中から、強大な魔力を持っているとはいえ、一匹の魔獣を見つけだすのがどれほど大変な事なのかわかっていないのですか？」

ウキウキしているテルビレスに、フィナが厳しい言葉をかける。

そんな一同の元に、ゴザルが歩み寄ってきた。

「フリオ殿よ、本当に手伝わなくていいのか？　遠慮することはないのだぞ」

フリオに笑顔で話し掛ける。

そんなゴザルに、フリオは、

「えぇ、お気になさらずに。それにゴザルさんには、ホウタウ訓練場のことで、かなりお手間をかけていましたし、しばらく休暇もとれていなかったでしょう？　今回は、そのご褒美とでも思ってください」

いつもの飄々とした笑みを浮かべた。

「それに……今日は、お客さんもおられるわけですし、ね」

ゴザルの後方には、現魔王ドクソンの姿があった。

人種族の姿に変化しているドクソンは、照れくさいのかそっぽを向いている。

「うむ……では、何かあったら、遠慮なく声をかけてくれ。いつでも駆け付けるからな」

「その時は、よろしくお願いします」

ゴザルの言葉に、いつもの飄々とした笑みで応じた。

ゴザルがドクソンに歩み寄っていく姿を見送ったフリオは、フィナ達へ視線を戻す。

「さて、それじゃあ厄災の超魔獣の捜索を行っていくわけだけど、まずは、目撃情報のあったあたりを……」

フリオがそこまで言葉を発したところで、

「あの、パパ、ちょっといいかしら?」

エリナーザが手をあげた。

「エリナーザ、どうかしたの?」

「うん、その厄災の超魔獣の件なんだけど……見つけられると思う」

「「「「え!?」」」」

エリナーザの言葉に、一同がびっくりした声をあげる。

そんな一同の視線の前で、エリナーザが右手の人差し指を宙に向かって伸ばす。

指の先に魔法陣が出現し、その魔法陣が方位磁石のような姿に変化していく。

その方位磁石の上に、エリナーザが何かの血を一滴垂らす。

血が方位磁石にいきわたると、針がぐるぐると回転し、やがて一方向を指して停止した。

「多分、こっちよ」

そう言って詠唱し、魔法陣を展開させる。

魔法陣が空中に浮かび、同時にエリナーザの体も浮遊していく。

空中に浮かび上がったエリナーザの体は、方位磁石が指示した方向へ向かって飛翔していく。

自らの体を牙狼に変化させたリースは、空中に魔法陣を出現させ、それを足場にしながら空中を駆けていく。

フリオがその背に飛び乗った。

ヒヤはそんな二人に並んで飛翔していく。

一足遅れて、フィナも飛翔する。

一同は、先行していくエリナーザの後を、かなりの速度で追いかけていった。

……なお、
そんな一同の様子を、テルビレスは立ったまま見送っていた。

「みなさーん、がんばってねぇ～」

陽気に笑いながら、高速で移動する一同に向かって手を振る。

一同の姿が見えなくなると、

「じゃあ、私はぁ。みんなが超魔獣のお肉を持って帰ってくるまでのあいだ、一休みしておくのです～」

背のリュックサックから一升瓶を取り出すと、一休みするのに適している場所を探すため、森の中へと歩いていったのだった。

◇同時刻・地下世界ドゴログマ内フリオの別荘近く◇

「そぉれ！」

水着姿のブロッサムは、肩に乗せているコウラとともに、湖の中へ駆け込んでいく。

ブロッサムが湖に飛び込むと、水しぶきがあがった。

そのしぶきを体に受けながら、

「きゃは！」

ブロッサムの頭に抱きつきながら、コウラが歓喜の声をあげる。

それに続いて、

「よぉし！　ワシらも行くぞリスレイ！」

半身半馬姿のスレイプが、湖の中へと駆け込んでいく。

その後方に立っているリスレイは、

「ちょ、ちょっとパパ……私、もう成人しているんだからさ、そういうのは恥ずかしいってば……

で、でもまぁ……どうしてもって言うのなら……」

腕組みをしたまま、ツンデレよろしく頬を赤く染め、そっぽを向いたままスレイプの後を追いかける。


皆が、湖畔で楽しそうに過ごしている。

そんな一同から少し離れた場所。

湖畔の一角に、ゴザルとドクソンの姿があった。

アウトドア用の小型の椅子に並んで座り、湖に向かって竿を向けていた。

お揃いの麦わら帽子を被っている二人は、無言のまま釣り竿の先を見つめている。

二人の間に、静寂の時間が流れていく。

「……あのさぁ」

ようやく、口を開いたのはドクソンだった。

「うむ、どうした？」

「……いや、あのさ……なんでまた、今回、このドゴログマへ来るのに、よりによってこの俺を誘ったんだ？」

ドクソンは竿の先を見つめながら、ゴザルに向かって話しかける。

「ん？　まぁ……大した理由はないな」

ゴザルもまた、竿の先を見つめ続けている。

「ただ、元気かと思ってな」

そう言うと、竿を振り直し、改めて糸を湖の中へ投げた。

そんなゴザルに、ドクソンは、

「……今さら、何を言ってやがる」

そう言うと、自らも竿を振り直す。

その後も、時折言葉を交わしあっていく二人。

口数こそ少ないものの、二人の会話には、どこか互いを思いやる気持ちが困っているように見えた。


久しぶりに再会した魔王と、元魔王の兄弟。

その姿は、まるで幼少時代の二人の姿を彷彿とさせた。

ゴザルとドクソンが、釣りをしている頃。
フリオ一行は、地下世界ドゴログマの森の上で静止していた。

「これは……」

「そうですね……間違いないかと」

フリオの言葉にフィナが大きく頷く。

一同の眼下、森の中に巨大な魔獣が倒れていた。

「あれが、厄災の超魔獣ですの？」

「そうですね……この波動……普通の厄災魔獣の比ではございません」

リースの言葉に、ヒヤが巨大な魔獣に向かって右手を伸ばしながら頷く。

ヒヤの手の先には魔法陣が展開しており、魔獣の索敵をしていると思われた。

「でも……どういうことなんだろう？」

フリオは下降すると、魔獣の頭部の方へ向かって飛翔していく。

フリオ達の下、森の中で横たわっている巨大な魔獣には、首から先がなかった。

厄災の龍に似た姿をしている巨大な厄災の超魔獣は、長い首が途中で切れており、そこから先がなくなっている。

「……この切り口……綺麗にスパッと切れているね」

「至高なるお方のおっしゃるとおりでございます。このように硬い鱗ごと綺麗に切断……果たしてどうやったのでしょう」

ヒヤが腕組みし、首をひねる。

一同がそんな会話を交わしていく。

そんな中、エリナーザが手をあげた。

「あの、これなんだけど」

そう言って、魔獣の首の方に向かって魔法陣を展開させる。

巨大な魔獣の切断された首の先に、魔法陣が展開していく。

しばらくすると、魔法陣の中から巨大な魔獣の首から先が出現した。

「こ、これは……」

「切断面がぴったりね……」

エリナーザが出現させた魔獣の首から先と、森で横たわっている魔獣の首から下の巨体を交互に見つめながら、フリオとリースはびっくりした声をあげる。

「エリナーザ殿、これは一体……」

フィナが困惑しながら視線をエリナーザへ向ける。

その視線の先で、腕組みをしたまま、

「うんうん……やっぱりそうだったのね……そっか……」

何かに納得したように頷いていた。

「昨日、クライロード魔法国と魔王領の境のあたりで妙な魔力をパパと私が感知したの」

「そうなのですか？」

エリナーザの言葉に、ヒヤが困惑した表情を浮かべる。

その表情からして、ヒヤがその魔力を察知出来ていなかったのは間違いなかった。

「いや、ヒヤがわからなくても当然なんだ。その魔力は、存在を隠ぺいするためか魔法壁などで魔力を探知されないように対応されていたし、僕やエリナーザでも、たまたま感知出来たくらいのレベルだったからさ」

「い、いえ……それにしても……至高なるお方の従者として、力不足と申しますか……さらなる精進を行い、以後、このような遅れをとらぬよう……」

空中にもかかわらず、ヒヤは魔法陣の上で片膝を付き、深々と頭を下げる。

「いや、まぁ……そこまでしなくても……」

ヒヤを立ち上がらせようと、フリオが苦笑しながら声をかける。

そんなフリオの横で、腕組みをしたままのエリナーザは、

「でね……そこには昔の魔導士が使っていたと思われる遺構があって、その遺構を利用して、地下世界ドゴログマの魔獣を召喚しようとした魔導士がいたみたいなの」

「そ、それは……今では失われた魔法と言われている、始祖の時代の魔法……そのような魔法がなぜ今になって……」

「なぜかはわからないけど……とにかく、その魔法を使用して、たまたま召喚されたのが、この厄災の超魔獣だったみたいなの」

「な!?」

　エリナーザの言葉に、フィナは目を丸くし絶句する。

（……ちょ、ちょっと待ってほしい……地下世界ドゴログマを崩壊させかねない存在として、今回その生態の調査と、あわよくば討伐を、と言われていた、厄災の超魔獣が、球状世界に召喚されようとしていた……だと……）

　顔を真っ青にして生唾を飲み込む。

　そんなフィナの前で、エリナーザは、超魔獣の首の切断面を指さしていく。

「……ただ、その魔法なんだけど、召喚の途中で失敗したみたいで、召喚途中で魔法が消滅して……超魔獣の首が、そこで切断されちゃった……というのが、私の予想」

　切断面を交互に確認しながら、うんうんと頷く。

　そんなエリナーザの後方で、魔獣の調査をしているエリナーザの様子を見つめながら、

「ということは……魔獣の調査は、この魔獣の死体を調べればいいし、討伐も終了している……ってことでいいのかな?」

　フリオはそう言って頷く。

　その言葉に、それまで呆然としていたフィナは、ハッとすると、

「そ、そうですね……フリオ殿の言うとおりです。すぐに、神界に連絡して、以後の指示を……」

　神界への魔法通信機を取り出して操作する。

地下世界ドゴログマは、魔素が混濁している個所(かしょ)が多く、神界と通信するのにも専用の魔道具を使用しないと出来ないのであった。

エリナーザは、フィナが神界と通信しているのを横目で確認すると、詠唱を始める。

その手に、大きな円盤が出現し、その円盤で超魔獣の首部分を輪切りにしていく。

切り分けた首を、魔法陣の中へ収納すると、まるで何事もなかったかのように、フリオの隣へ浮上する。

その口をフリオの耳元に寄せ、

「パパの魔法袋に、半分入れておいたわ」

小声でそう言っていたずらっぽくウインクした。

そんなエリナーザに、思わず苦笑するフリオ。

そんなフリオの隣に、今度はリースが移動してくる。

「では、旦那様。後のことはフィナに任せてよろしいのではありませんか?」

嬉しそうな声をあげる。

人種族の姿に変化しているリースは、具現化している尻尾を嬉しそうに振り続けていた。

『さぁ旦那様！　みんなで湖遊びをいたしましょう！　バーベキューを楽しみましょう！　一緒に森の中をデートしましょう！』

そんな心の声が漏れまくっているかのようだった。

リースはフリオの腕を両腕で摑み、

『早く別荘に戻りましょう』

とばかりにその腕を引っ張る。

そんなリースを前にして、フリオは苦笑する。


巨大な魔獣の死骸の側で、一行はそんな会話を交わしていた。

◇しばらく後◇
フリオの家の前に、魔法陣が展開し、その中から転移扉から出現する。

その扉が開くと、中からフリオが姿を現した。

一度扉を閉じると、フリオは玄関を開けて家に入っていく。

すると、一階のリビングに、ガリルの姿があった。

「あ、ガリル。例の魔獣の対処が終わったから、エリザベートさんやスワンさんを……」

フリオが声をかけると、そんなフリオに向かって右手の人差し指を立てて自らの口にあて、

『静かに』

と伝える。

口を閉じたフリオは、改めてガリルへ視線を向けた。

その隣には、机につっぷしたまま寝息をたてているエリザベートの姿が、その後方、サベアの小屋の中では、寝息をたてているサベアの上で、抱き合うような姿勢で寝息をたてているリルナーザとスワンの姿があった。

その姿を視認したフリオは、自らの右手で口を押さえていく。

ガリル達が地下世界ドゴログマへ出向くのは、もう少し後になるのだった。

エピローグ 8

◇地下世界ドゴログマ・フリオの別荘◇

　フリオの別荘がある滝の側（そば）。

　滝から少し離れている場所に、石造りの竈（かまど）が出来上がっており、水着姿のリースが串焼きを焼いている最中だった。

　その横では、リースと同じく水着を着用しているビレリーとバリロッサ、ウリミナスの三人が、石造りの竈を駆使して、料理を手際よく仕上げている。

　そこに、

「はっはっは、大漁！　大漁！」

　満足そうな笑みを浮かべたゴザルが歩いてくる。

　その手には竿（さお）が握られているのだが、その後方に、ムラーナとフォルミナ、ゴーロが続いており、さらにその後方には、ムラーナが召喚した魔獣モドキ達（たち）が、巨大な魚魔獣を一斉に持ち上げ、ムラーナ達を追いかけるように駆けている。

「あら、いいお魚ね。ムラーナ、こっちに運んでくれるかしら？」

　リースの言葉を受け、

「わかった！　ムラーナにお任せ」

ガッツポーズをすると、魔獣モドキ達の先頭に立ってリースに指示された方へと移動する。

そんなゴザル一同の後方から、悔しそうな表情を浮かべたドクソンが歩いてくる。

「くっそう……大きさでは負けたが、味なら俺様の釣った魚の方がぜってぇうめぇからな」

そんな言葉を口にしながらも、どこか楽しそうな感情が言葉に表れていた。

「はいはい、あなたの魚は、そっちに置いてくださいな」

「そ、そっちって……えらく小せぇ竈じゃねぇか」

「あなたね、その大きさの魚ならこっちで十分でしょう？」

「ぐぬぬ……わかったよ」

リースに言い負かされ、ドクソンは指定された台の上に魚を置いた。


キッチンで、そんな会話が交わされている中……。


湖畔には、姫女王——エリザベートとガリルの姿があった。

ガリルの隣に立っているエリザベートは、申し訳なさそうにうつむいている。

「も、申し訳ありません、ガリル君……ま、まさかまた居眠りしてしまうなんて……」

顔を真っ赤にしたまま、体の前で、両手を組み合わせ、もじもじとさせる。

つばの広い白い帽子を被り、大きめのダボッとしたシャツを身に着けている。

シャツの下は水着なのか、エリザベートの生足が伸びている。

自らの足をさらしているのも恥ずかしさに拍車を掛けているのか、足をもじもじさせている。

そんなエリザベートの隣に立っているガリルは、ボクサーパンツスタイルの水着を着用していた。

「いえいえ、今は休暇中じゃないですか。しっかり休んでくださいね」

ガリルがエリザベートに笑顔を向ける。

そんなガリルを、エリザベートはうつむいたまま上目遣いで見上げた。

その視界に、鍛え上げられているガリルの上半身が飛び込んでくる。

(……ガ、ガリル君……す、すごい……)

いわゆる細マッチョで、すらりとしていながら、しっかりと隆起している筋肉。

そんなガリルを前に、エリザベートはその視線を自らの体へ移した。

(……い、いけないわ……スワンや、リルナーザちゃんの、

『せっかくなんだから、水着を着るですわん』

『水着で一緒に遊びましょう』

っていう言葉に乗せられて、水着を着てみましたけど……最近は、仕事に明け暮れていたせいで、いつも以上に体がぽよぽよになっていて……こ、こんな体……ガリル君には、とてもお見せ出来ませんわ……)

内心でそんな事を考えながら、その場で固まってしまっていた。

……その時。


エリザベートの元に、リルナーザとスワンが駆け寄る。

「エリザベートお姉ちゃん、一緒に泳ぎましょう！」

「エリザベートお姉さま、一緒に行きますわん！」

笑顔ではしゃぎながら、湖に向かって駆けていく二人。

その後方から、まずサベア、次にタベアが続き、さらにその後からシベア、スベア、セベア、ソベアも続く。

「みんな元気だなぁ」

その光景をガリルが笑顔で眺める。

「……そうですね」

そんなガリルに、エリザベートが笑顔で頷く。

二人の後方から、今度はワインが飛翔してくる。

さんざん言われたせいか、ビキニタイプの水着を身に着けているワインは、ガシッ。

すれ違い様に、エリザベートの服を摑んだ。

「……え？　え？」

エリザベートが困惑した声をあげる。

身に着けているシャツの首のあたりを摑まれたまま、ワインとともに空中へと浮かんでいく。

「え？　えぇ!?」

びっくりした声をあげながら、空中でわたわたと手足をばたつかせる。

……すると。

その拍子に、エリザベートが身に着けているシャツが脱げてしまい、その体が湖に向かって落下していく。

「……ふぇ!?」

いきなり襲ってきた浮遊感に、エリザベートは目を丸くする。

ガシッ。

その体が、空中でキャッチされる。

正気を取り戻したエリザベートの視線の先に、ガリルの顔が飛び込んできた。

かなりの上空にもかかわらず、身体能力だけで飛び上がったガリルは、空中でエリザベートを受け止めたのであった。


そんなエリザベートにガリルが笑顔を向ける。

「僕がしっかり抱きとめていますので、このまま湖に着水しますよ」

「え!?……あ、はい」

困惑しながらも、ガリルの言葉に頷いたエリザベートは、その首元に抱きついた。


ドッポーン!


派手な水柱をあげながら、ガリルとエリザベートが水中に落下した。

二人は水の中に沈んだあと、ほどなくして脚力を利用したガリルが、エリザベートを抱っこしたまま浮上してくる。

「……どうでした？　エリーさん？」

ガリルが楽しげにエリザベートの顔を覗き込む。

「……はい……あの……すごかったです……」

最初こそおっかなびっくりといった様子だったエリザベートだが、ガリルの笑顔を前にして緊張が解けたのか、その顔に笑みが浮かんだ。

しばらくの間、二人はそのまま笑いあった。

そこに、リヴァーナが近づいてくる。

水龍族だけあって、水の中を歩くようにスムーズに移動してくる。

「リヴァーナ、どうかしたのかい？」

ガリルの言葉に、リヴァーナは二人に向かって右手を差し出す。

その手には、ビキニの上の部分が握られていた。

咄嗟には意味がわからず、しばしその水着を見つめたまま二人は固まる。


（……あれ？　あの水着……どこかで見た事があるような……）


エリザベートは困惑しながら、自らの胸元に視線を移す。

そこに、水着はなく、エリザベートの上半身があらわになっていた。

……そう。

着水の拍子にエリザベートの水着が脱げてしまい、それを拾ったリヴァーナが届けてくれていたのであった。

慌てた様子で両手で胸元を隠す。

そんなエリザベートを抱っこしているガリルは、そっぽを向いており、

「……見ていません……見ていませんから」

と、言っているものの、その頬は赤くなっていた。

湖の中で、ガリルとエリザベートがそんな状況に陥っている中。

滝の上部にある森の中。

ひと際大きな木の上に、テルビレスの姿があった。

「あははぁ……若いっていいですねぇ。初々しいですねぇ」

楽しそうに笑いながら、一升瓶を口に運んでいた。

超魔獣の捜索から上手く離脱したテルビレスは、見つかりにくく、それでいて一行に近く、さら

にのんびりお酒を飲むのに適した場所を探してここにたどりついたのであった。

「ぷはぁ……うまうま」

お酒を飲み干し、満足そうに頷いている。

「やっぱりせっかくの休暇ですもんねぇ……お仕事なんかほっぽりだして、こうやってのんびりしないとねぇ」

「へぇ、仕事をほっぽりだしてねぇ……」

「そうそう、仕事を……」

そこで、ハッとするテルビレス。


（……あれぇ？　今、私は誰とお話をしたのでしょうか……）


先ほどまでいい感じに酔っぱらっていたテルビレスは、その顔をゆっくりと声の方へ向けていく。

その視線の先には、腕組みをしたフィナが宙に浮いていた。


「いきなりいなくなったと思ったら……こんなところでさぼっていたのですね」

「え……えっとぉ……」

「エリナーザ殿のおかげで、早期に解決したからいいものの……捜索がもっと長引いていたらどうするつもりだったのですか？」

「あ、あの……そのぉ……」

「とにかく！」

しどろもどろになっているテルビレスに対し、フィナは自らの顔をぐっと近づける。

「もうじき、神界の使徒が、魔獣の死体の回収に来ます。あなたもそれに立ち会って頂きますからね！」

「は、はいぃ……あ、そうだ」

「……なんですか？」

「あのぉ。超魔獣のお肉をですねぇ……少しもらってもいいですかぁ？」


ビキッ。


「いいわけないでしょう！　何を考えているのですかあなたは！」

「や～ん、ちょっと言ってみただけだってばぁ、なにもそんなに青筋たてなくてもいいじゃないですかぁ」

「だったら！　青筋をたてたくなるような事を言わないでください！」

滝の上部、フィナとテルビレスは木の上にてそんな会話を交わしていた。

徐々に日が傾き、いつしか湖畔も朱に染まりはじめていた。

そんな中に、フリオとリースの姿があった。

牙狼姿に変化しているリース。

その背に乗っているフリオ。

湖畔の風を受けながら、リースは気持ちよさそうに疾走していた。

『たまには、こんな場所をご一緒するのも、気持ちいいですわね』

「うん、そうだね」

リースの言葉にフリオが頷く。

『それにしても、お昼はみんなすごい食欲でしたわね。つられて私も少し食べ過ぎてしまいましたわ』

「景色がいいのもあると思うけど、やっぱりリースの作った料理が美味しかったからね。僕も少し食べ過ぎちゃったよ」

リースの言葉にフリオは笑顔で応える。

『夕飯は、少し軽くしようかと思ったのですが……ゴザルやドクソン、スレイプ達は子供達と遊んだのもあってか、散歩に出る前から『晩飯はなんだ』と聞いてきましたからね』

楽しそうに笑い声を交えながらフリオに声をかける。

「と、なると……少し食材を調達していくかい？」

フリオの言葉に、

『共狩り（デート）ですね！　のぞむところですわ！』

リースは嬉々（きき）とした声をあげると、その足を森の方へ向ける。

その背に騎乗しているフリオにも、嬉（うれ）しそうなリースの感情が伝わってくる。

フリオがリースの背中を優しく撫（な）でる。

（……リース……君とこうして一緒にいる時間が、僕も大好きだよ）

『今、何かおっしゃいましたか？』

「……ん、いや、なんでもないよ、リース。それよりも、大物を仕留めよう、リース」

『お任せください、旦那様！　ゴザルがお昼に釣り上げた魔魚なんて目じゃない魔獣を仕留めてみせますわ』

嬉しそうな声をあげながら、速度をあげる。

二人の姿は、森の中へ向かって突き進んでいった。


いつしか、森も朱に染まりはじめていた。

番外編　しばらく後のみんなのお話18……8

◇とある森の奥深く◇

クライロード城から遠く離れた森の中。

辺境と呼ばれていたこの地には、森でとれた木材や魔獣、野菜の取引が行われている小さな町が存在している。

かつてのこの町は、大きな街から距離があるため、交易のために訪れる人も少なく、村にはあまり活気がなかった。


そんな町から、さらに森の奥に入った場所に、一軒の小屋があった。

すでに日は落ち、小屋の窓からは、室内の灯り（あか）が漏れている。

そんな小屋の中。

リビングに、三人の女が座っていた。

「こんな町だけど、あの、定期魔導船っていうのが出来たおかげで、町にもずいぶん活気が戻ったよね」

女の一人、カーサは満足そうな笑顔を浮かべながら、大きく頷（うなず）いた。

――カーサ。

元農家の娘。

人の姿のフギー・ムギーに一目ぼれし、猛アタックの末、妻の座を射止めることに成功し、今は森の中の小屋で他の二人の妻と一緒に暮らしている。


「カーサさんは、もともと農作業に長けていらっしゃっただけあって、畑のお世話が本当にお上手ですね。畑の野菜がとってもたわわに実っていますもの」

そんなカーサに、シーノも笑顔で頷く。


――シーノ。

カーサと同じ村で暮らしていたシスターの女性。

カーサ同様にフギー・ムギーに一目ぼれし、今は妻の一人として一緒に暮らしている。

普段は、村で怪我人や病人の治療を行っている。


「そうそう。おかげで、行商先でも評判いいんですよ。野菜。でも、旦那様が脱皮した鱗を一枚売るだけで、私たち一家が十分暮らしていけるんですけどね」

笑顔のカーサとシーノに、マートは自らも笑顔で頷く。

――マート。

森の中で山賊に襲われそうになっていたところをフギー・ムギーに救われた商人の女性。

助けられた恩を返すためにフギー・ムギー達と一緒に暮らしているうちにフギー・ムギーのことを好きになり、妻の一人として一緒に暮らしている。

「鱗って、あの定期魔導船を運航してる商会が買ってくれてるんだよね？」

「うん、そうなんです。何軒か回ってみたんですけど、あのお店が一番高値で買い取ってくれるんです。旦那様も成人されているので、年に一、二回しか脱皮されないので、少しでもいい条件で購入してくださるお店に卸しませんと、ね」

マートが再びにっこり微笑む。

「さっすがマート。よくわかってるじゃん」

その言葉に、カーサも、笑顔を返す。

シーノは、そんな二人を交互に見つめながら、自らもまた笑みを浮かべた。

「それにしても……まさか、私たちが、こうして談笑する程仲良しになっているなんて……なんだか不思議な感じもしますわね」

「まぁ……そうだよね。フーちゃんがここに引っ越してきた時は、まさか魔族だなんて思わなかったし」

「そのせいで、結構ぶつかりあったりもしましたわね、私たちも」

「今じゃ、みんな子供の親だし、一緒に子育てする仲だもんね」

そんな会話を交わしながら、思わず声をあげて笑いあう。


その時、廊下の奥で扉が開く音がした。

同時に、

「「おーい、子供達、お風呂上がったなりよ」」

フギー・ムギーの声が廊下の奥から響いてくる。


――フギー・ムギー。

魔王ゴウル時代の四天王の一人である双頭鳥(そうとうちょう)が人族の姿に変化した姿。

魔王軍を辞して以降、とある森の奥で、三人の妻とその子供たちと一緒にのんびり暮らしている。

もともと双頭の鳥であるフギー・ムギーは、人種族の姿に変化していても、声が二重になって聞こえる。

その声に、三人は一斉に椅子から立ち上がった。

その瞬間、三人の目の色が変わった。


同時に、三人の子供達が楽しそうな声をあげながら部屋に駆け込んでくる。

そんな三人を、カーサが両腕を広げて受け止める。

「はぁい、みんなパパと一緒にお風呂に入れてよかったねぇ」

「うん！　パパと一緒で楽しかったぁ」

カーサの腕に、その子供が笑顔で飛び込んだ。

その右ではシーノが、左ではマートが、それぞれ自分の子供を受け止めている。

笑顔で子供達を抱き寄せ、椅子にかけていたバスタオルを使ってまだ湿っている髪の毛を拭いていく。

笑顔でこそいるものの、カーサ、シーノ、マートの三人の視線は真剣そのものであり、時折、その視線がぶつかり合う。

（……いつもは、アタシ、シーノ、マートの順番が二回り……）

（……そして、今日。週の終わりは、ランダムですの……）

（……き、今日はいい日なので、お譲りしたくないんですよね……）

子供達の相手をしながら、そんな事を考えていた。

……そう。

三人は、今夜、夫であるフギー・ムギーと、誰が一緒に寝るかということで、けん制しあっていたのであった。


と、いうのも、妻であるカーサ、シーノ、マートの話し合いにより、

『毎日家の事や村の事を頑張ってくれているフギー・ムギーに、無理はさせない』

という決まり事を設け、夜の相手は一人だけとすることにしていたのであった。


「じゃあみんな。明日に備えて、寝ましょうね」

「「はーい」」

カーサの言葉に、笑顔で応える三人の子供達。

カーサ、シーノ、マートは子供達を専用の寝室へと連れていく。

皆、笑顔なのだが、

(……農園を大きくして子供達と一緒に運営していく夢のためにも……)

(……将来子供達と一緒に教会を再建する夢が……)

（……子供達と一緒に、将来雑貨屋を……その夢のためにも……）

内心でそんな事を考えながらも、決して笑顔を崩さない。

リビングの椅子に座ったフギー・ムギーは、そんな妻達三人と、その子供達三人の後ろ姿を眺めていた。

（……なんというか……元魔王軍四天王だったこの僕が、今ではこんな生活をしているなりなんて……魔王軍にいた頃には想像出来なかったなりなぁ……）

机上に準備されていた果実酒を口に運びながら、思わず口元を綻ばせる。

（魔族は子供が出来にくい種族なりから、種族の存続のために三人まで妻を娶ることが許されているなりとはいえ……とにかく、僕が頑張らないと始まらないなりし……）

椅子に座り、そんな事を考えていると、

「戻りましたの」

カーサ、シーノ、マートの三人が戻ってくる。

先頭で部屋に入ってきたのはシーノ。

その右手は、チョキの形になっており、その顔には満面の笑みが浮かんでいる。

そんなシーノに続いて、涙目のカーサとマートが部屋に入ってくる。

二人の手は、揃ってパーの形になっており、

「……なぜ私はグーを出さなかったのか……」

「……うぅ……残念です……」

互いにそんなことをブツブツつぶやいていた。

そんな三人の様子を見回していたフギー・ムギーは、

「「子供達は寝たなりか？」」

「えぇ。最近は、ホウタウの街の魔法学校に通うのが楽しくて仕方ないみたいでして。ベッドに入ったらすぐに……」

シーノはにっこり微笑みながら子供達の様子を伝える。

「昔だったら、ここからホウタウの街まで毎日通学とか考えられなかったけど、あの定期魔導船のおかげで本当に助かってるよね」

「通学定期も使えるし、家計にも優しいです」

シーノの後方で、カーサとマートが互いに顔を見合わせながら頷きあう。

フギー・ムギーはそんな三人の話を笑顔で聞いている。

「「……で、今夜なりけど……」」

「はい、今夜は私がお相手を務めさせて頂きますわ」

フギー・ムギーの言葉に、シーノが頬を赤く染めながら頷く。

そんなシーノをフギー・ムギーがゆっくり抱き寄せる。

その様子を、カーサとマートが不満そうな表情で見つめている。

「「あぁ、そのことなりけど……」」

フギー・ムギーはシーノを抱き寄せたまま、カーサとマートへ視線を向ける。

「「今日は調子がいいなりから……」」

そう言うと、二人に向かって手招きした。

その言葉に、先ほどまで不満そうな表情を浮かべていたカーサとマートの表情が、ぱぁっと明るくなり、

「さっすがフーちゃん！　愛してるぅ！」

「それはこちらのセリフですぅ！」

そんな言葉を口にしながら、同時にフギー・ムギーへ抱きつく。

その様子に、シーノが思わず苦笑する。

「……もう……今日は私が旦那様に可愛がっていただくはずでしたのに……」

先ほどまでとは逆に、シーノが不満そうな表情を浮かべた。

そんなシーノを、フギー・ムギーが再度抱き寄せる。

「「まぁ、そう言うな、なり。ちゃんとみんな可愛がるなりよ」」

少し照れ臭そうなフギー・ムギーの言葉に、シーノは再び頬を赤く染め、恥ずかしそうにもじもじとしていた。

そんな三人に囲まれながら、フギー・ムギーは自分の寝室へ向かう。

ほどなくして、リビングの魔法灯が消え、寝室の灯りも消える。

森の中、フギー・ムギー一家が暮らす小屋を、星灯りが優しく照らしていた。

◇ホウタウの街・ホクホクトンの小屋◇

ブロッサム農場に併設されているホクホクトンの小屋。


夜になり、周囲が暗闇に包まれる中、ホクホクトンの小屋には、魔法灯が窓から漏れていた。

一階のリビングにあるテーブルに、ホクホクトンが座っていた。

手に持っている魔道具を修理しているのか、道具を使ってあれこれ作業を続けている。

その部屋に、フィナが入ってくる。

「お風呂頂きました」

「うむ、お疲れでござる」


この小屋は、風呂やトイレも完備しており、ホクホクトン一人と、テルビレス、フィナの居候二人が一緒でも快適に暮らせるようになっている。

リビングに併設されている台所へ向かうと、コップを二つ手に取って水を注ぐ。

そのうちの一つを、ホクホクトンの前に置く。

「うむ、かたじけない」

「いえ、一緒に暮らしているのです。これくらいなんでもありません」

椅子に座りながら、フィナがホクホクトンに向かって小さく頷く。

「いや、しかし、フィナ殿がここで暮らしはじめてからというもの、本当に助かっているでござるよ。拙者一人ではいくら掃除をしても、あの駄女神がそれ以上に汚くしておったからなぁ……」

「そういえば……はじめてこの家にお邪魔させていただいた時、このリビングは、お酒の空き瓶で足の踏み場がありませんでしたものね」

かつての光景を思い出しながら、同時に苦笑する二人。

その時、

「たっだいまぁ！」

玄関が豪快に開け放たれ、上機嫌のテルビレスが家の中へ入ってくる。

玄関を入ってすぐの場所がリビングのため、談笑していたホクホクトンとフィナの二人が、同時にテルビレスを出迎えた恰好（かっこう）になる。

「……ずいぶんご機嫌な様子じゃが、今日はどこで飲んできたでござるか？」

「えー、飲んでなんかないですってぇ。ちょおっと、テルビレス酒のアピールをしてきただけですってばぁ」

テルビレスは笑いながら、楽しそうに会話を続ける。

「テルビレス酒といえば、お主が、フリオ殿と一緒にドゴログマで醸造しているという、あの酒の事でござるか？」

「はぁい！　そのお酒ですよぉ。せっかく安定製造出来る目途がたったんですからぁ、それを販売してくれるお店を見つけておかないとぉ……ね？」

テルビレスはクスクス笑いながら、ホクホクトンに抱きつく。

テルビレスは明らかに酩酊状態で顔は真っ赤になっており、足元は千鳥足でおぼつかない。

ぷはぁ、っと息を吐き出すと、

「うむ!?　酒くさい！　お主、やっぱり飲んでいるではござらぬか！」

ホクホクトンはテルビレスを押しのけようとする。

「あはは、これくらい、飲んだうちには入らないってばぁ」

そんなホクホクトンに、無理やり抱きつき、キスをしようと蛸のように唇を突き出す。

その光景に、フィナは思わず表情を青くする。

その脳裏に、テルビレスに無理やり一升瓶を口に突っ込まれ、一本まるまる飲まされたせいで、重度の二日酔いになった日の事が蘇ってくる。

（……あのような状態になってしまう飲み物を、テルビレス様はどうして、あのようになるまで飲めるのだろうか……）

困惑しながら、そんな事を考えていたフィナだが、

「……あ」

何かを思い出したのか、後ろポケットから封筒を取り出し、

「テルビレス様、これを」

それをテルビレスへ差し出した。

それまでじゃれあっていたテルビレスとホクホクトンは、動作を止めると、二人同時に視線をフィナへ向ける。

テルビレスは、フィナの手に封筒が握られているのを確認すると、

「あ、あぁ!?　フィナちゃん、そ、それは後でこっそりとぉ」

両手をワタワタさせながら、フィナに向かってダイブする。

しかし、

「ちょっと待つでござる」

その背中をホクホクトンが摑み、床に叩きつける。

「ふぎゅう」

顔面から床に突っ込んだせいで、カエルのようにぴくぴくしている。

ホクホクトンはそんなテルビレスを右手一本で押さえつけたまま、その視線をフィナへ向ける。

「うむ、フィナ殿、その封筒はなんでござるか？」

「あぁ、これは、家賃です。この家の家主であるテルビレス様に毎月納めるよう言われておりまして」

「……ふむ」

フィナの言葉に、ホクホクトンは視線をテルビレスへ戻す。

「誤解を訂正しておくでござるが、この家の主は、拙者でござる」

「……え？」

フィナがきょとんとする。

「うむ、それゆえ、この家に居候しているのは、この駄女神と、フィナ殿の二人でござる」

「そ、そうだったのですね……では、この家賃は、ホクホクトン殿に……」

封筒を、改めてホクホクトンへ差し出す。

しかし、ホクホクトンはそれを手で制し、首を左右に振る。

「金はいらぬ。この駄女神からも、一度ももらったことはないでござる」

「え？」

ホクホクトンの言葉に、フィナは困惑した表情を浮かべる。

「なるほど……それでこの駄女神は、自分が家主だとか抜かしておったのでござるな……あの時は、フィナ殿が急性アルコール中毒になってしまったゆえに、追及が疎(おろそ)かになっていたでござるが……」

「あ、あの……それでは今まで納めた家賃は……」

「うむ、この駄女神の飲み代になったはずでござる」

「……な……」

ホクホクトンの言葉に、フィナは言葉を詰まらせる。

そんな二人の会話が聞こえているのか、テルビレスは、

「……あ、あわわぁ……」

小刻みに体を動かし、どうにかしてこの場から逃げ出そうともがいていた。

しかし、その背中をホクホクトンに押さえつけられているため、昆虫の標本でピン留めされた昆虫のように、その場からピクリとも動くことが出来ずにいる。

そんなテルビレスを、同時に睨みつける。

「テルビレスよ、今日という今日は、みっちりとお説教させてもらうでござるよ」

「テルビレス様……この件に関しましては、私もしっかりとお話をさせていただきたく……」

二人の言葉に、テルビレスは手足を必死にばたつかせる。

「ホクホクトンくんも、フィナくんも、そんなに青筋たてなくてもいいじゃないですかぁ！」

心の底から咆哮(ほうこう)するテルビレス。

この日、ホクホクトンの小屋の魔法灯は、一晩中消えることはなかった。

◇クライロード城・城下町◇

クライロード魔法国の中心であるクライロード城。

ここ最近、ホウタウの街が賑(にぎ)わってはいるものの、その城下町の規模と賑わいは相変わらずかなりのものであった。

そんな城下町の街道を、ネロナが歩いていた。

ダークエルフ族である彼女は、褐色の肌はそのままに、人種族に近い姿に自らを変化させている。

「……確か、このあたりのはずなんじゃが……」

ネロナは時折手元へ視線を落としながら街道を歩く。

その視線の先には、

『ミレーノ料理教室　新入生募集』

題字にそう書かれ、イラスト入りで詳細が説明されているチラシが握られていた。

（……この間の魔狐(まぎつね)族と魔導士の騒動、犯人には逃げられるし、魔獣の首もいつの間にかなくなっているし……これじゃあ、ドクソンの嫁になるためのポイントが貯(た)まらねえじゃねぇか……こうなりゃ、苦手な料理の腕を磨いて、ドクソンのハートを鷲摑(わしづか)みにしてやるぜ……）

そんな事を考えていた。

チラシに書かれている地図を頼りに、街道を進んでいくと、その視線の先に、

『ミレーノ料理教室』

と書かれた看板が見えてくる。

「お！　あそこじゃ、あそこじゃ、間違いない」

嬉々とした表情を浮かべながら、入口へ向かって小走りに向かう。


そして……ネロナが、教室に入ってしばらく後……。

チュドーン……。


ミレーノ料理教室の窓から、すさまじい炎が噴き出した。

「なんだなんだ!?」

「一体何が起きたんだ!?」

野次馬達が集まる。

そんな中、窓から顔を出したネロナは、

「よ、弱火でちんたらやるよりも、業火で一気にやった方が楽じゃねぇのか？　おい……」

咳払いを繰り返しながら、そんな言葉を口にしていた。

その後方で、教室長であるミレーノは、

「……以前にも、似たような事をしてしまった豪快な方がいらっしゃいましたけど……ま、まさか、同じような方がまた現れるなんて……」

咳払いをしながら、そんな事を口にしていたのだった。

◇ホウタウの街・フリオ宅◇

フリオ宅の二階。

その一角に、エリナーザの自室がある。

その部屋の扉がノックされた。

二度、ノックの音がするが、室内から返事はない。

すると、ガチャッとドアが開き、

「エリナーザ様、お部屋の清掃にまいりました」

タニアが室内に入る。

いつもの、大きなスリットが入っているメイド服に身を包んでいるタニアは、右手にモップ、左手にバケツを持ったまま、エリナーザの部屋の中へ入った。

しかし、室内にエリナーザの姿はなかった。

部屋の中を見回したタニアは、瞳の中に魔法陣を展開させ、部屋の中をサーチしていく。

その間数秒、

「……ふむ、という事は……」

「……今日は、こちらですか」

そう言うと、窓の横の壁に手を当てた。

すると、その手が壁の中に吸い込まれていく。

そのまま、壁の中へ向かって歩を進めていく。

その体は、壁を通過し、別の空間へ移動した。

そこは、大きな部屋になっていた。

周囲一面が本棚になっており、天井まで延びている棚は魔導書で埋め尽くされている。

本棚に入りきらなかったのか、床にも多くの魔導書が無造作に積まれていた。

その様子を視線だけで見回していたタニアは、

「……この研究室の蔵書が、先週よりも二百五十三冊増えているようですが、どこで入手なさったのですか、エリナーザ様?」

その視線を、右奥の本棚へと向ける。

そこには、本棚の陰で、魔導書を読みふけっていたエリナーザの姿があった。

床に座り、一心不乱に魔導書に集中しているのか、自分の名前を呼ばれても無反応なエリナーザ。

その様子に、小さくため息を漏らしたタニアは、エリナーザへ向かって歩いていく。

その距離が近づいたところで、

「……あら、タニア。いつここに来たのかしら？」

タニアに気が付いたエリナーザは、愛用している大きな丸眼鏡をはずしながら顔をあげた。

「私が入ってきた事にも気付かれていない……わけではないですよね？」

「……まぁ、そうね」

タニアの言葉を受けて、嬉しそうに微笑する。

「しかし、あの壁と門の同化処理はとても素晴らしいですね。私でも、門の事を知らなかったら、見逃してしまうところでした」

「タニアに褒めてもらえるなんて、光栄だわ」

「タニアの意見に関しまして、このヒヤも同意見でございます」

二人がそんな会話を交わしていると、エリナーザの背後にヒヤが姿を現した。

「手狭となっていたこの研究室を、ドゴログマにある至高なる御方の別荘の地下に移設し、しかも、森で見つけだした古代の門を修復し、ドゴログマとの常時接続をんんんんんん……」

エリナーザの功績を口にし、褒めたたえながら、その顔に恍惚とした表情を浮かべていたヒヤなのだが、その口を、エリナーザが大慌てで両手で塞いだ。

「ヒ、ヒヤさん。このお話はここまでにしておきましょう、ね、ね」

その顔に、にっこり笑みを浮かべ、努めて明るい声を出す。

もっとも、その笑顔はどこかひきつっていた。

いつもクールで、フリオの前以外では滅多に感情を表に出さないエリナーザだけに、その言動がさらに不自然に見えるのは当然と言えた。

そんなエリナーザの様子に、タニアが苦笑する。

「大丈夫でございます、エリナーザお嬢様。この門(ゲート)はあくまでもお嬢様が森の中で拾ったもの。その門をたまたま修復してみたら、地下世界ドゴログマへつながってしまったことも、古代遺跡であったために、神界の進入禁止が無効化されてしまう事も、すべては偶然の産物であります。それを誰かに告げ口するような事は、このタニア、決していたしません」

「……ありがとうタニア。そう言ってもらえると嬉しいわ」

タニアの言葉に、安堵(あんど)の表情を浮かべる。

「……ですが」

「……ですが？」

タニアの言葉に首をひねる。

「私から告げ口する事はございません……ですが、見つけられてしまっては……」

苦笑しながらタニアが横へ移動する。

その後ろには、フリオが立っていた。

「パ、パパァ!?」

エリナーザが目を見開く。

そんなエリナーザに、フリオは、

「……まさか、ドゴログマの別荘の地下に、研究室を移設するなんて」

苦笑しながら、両手を伸ばす。

詠唱すると、その手の先に魔法陣が展開していく。

同時に、エリナーザの研究室が光り輝いた。

「あ、あの……パパ……こ、これは一体、何を……」

困惑しているエリナーザ。

そんなエリナーザの前で、魔法を展開していたフリオは、

「……うん、これで大丈夫かな」

大きく息を吐きながら、両手を下ろした。

「神界魔法で隠蔽防壁を張っておいたから、神界の人にここが見つかることもないと思うよ……でも、くれぐれもやりすぎないようにね」

いたずらっぽく微笑む。

その言葉に、エリナーザはぱぁっと笑顔を輝かせた。

「パパ！　ありがとう！　大好き！」

満面の笑みでフリオに抱き着く。

そんなエリナーザを、フリオは優しく抱きしめる。


……その時。


「旦那様ぁ」

部屋の中に、リースの声が響いていく。

一同が振り向いた先、門(ゲート)をくぐってリースが姿を現した。

「旦那様。レーモンパイを改良してみたのですが、味見をお願いしてもよろしいですか？」

そんなリースに、フリオは笑顔で頷く。

フリオに向かってにっこり微笑むリース。

「う、うんわかった。すぐに行くよ」

「そういえば、リース……」

「はい、なんですか、旦那様？」

「僕がここにいるって、よくわかったね？」

「あら、そんな事当然ですわ。愛する旦那様ですもの。どこにいるか、なんて一発ですわ」

リースはフリオの腕に抱き着きながら、門をくぐる。

フリオもまた、一緒に門の向こうへ姿を消していく。


そんな二人が入っていった門を見つめているエリナーザ、タニア、ヒヤの三人。

「……神界ですら探知出来ない神界魔法による隠蔽がなされているこの部屋に……」

「まっすぐ向かってこられるとは……」

「ママの、パパに対する愛って……すごいのね、やっぱり」

エリナーザの言葉に、三人は納得したように頷く。


すると。


門の中からリースの顔が出現した。

「みんなの分もあるから、一段落したらリビングに来てくださいね」

そう言って、にっこり微笑んだ。

あとがき

この度は、この本を手に取っていただきまして本当にありがとうございます。

『Ｌｖ２チート』も今回で18巻となりました。

今巻では、みんなの日常と地下世界ドゴログマをテーマにして、新たに出来た訓練施設や、地下世界ドゴログマでのエピソードと、それに関わっていく金髪勇者という感じでお届けしました。

テレビアニメとは一風変わった金髪勇者の活躍は今回も必見です。

今回も、すっかりお馴染(なじ)みになったコミカライズ版『Ｌｖ２チート』との同時発売になっており、コミカライズでも大きなイベントが発生した11巻からの流れをとても楽しみにしております。

アニメも好評放送中で、私も毎週楽しみに視聴しております。皆様と一緒に楽しんでいけたら幸いです。

最後に、今回も素敵なイラストを描いてくださった片桐(かたぎり)様、出版に関わってくださったオーバーラップノベルス及び関係者の皆様、そしてこの本を手に取ってくださった皆様に心から御礼申し上げます。

二〇二四年七月　鬼(き)ノ城(じょう)ミヤ

Lv2からチートだった元勇者候補のまったり異世界ライフ 18

発行　2024年7月25日　初版第一刷発行

著者　鬼ノ城ミヤ
イラスト　片桐
発行者　永田勝治
発行所　株式会社オーバーラップ
〒141-0031
東京都品川区西五反田8-1-5
校正・DTP　株式会社鷗来堂
印刷・製本　大日本印刷株式会社

©2024 Miya Kinojo
Printed in Japan

ISBN　978-4-8240-0890-9 C0093

※本書の内容を無断で複製・複写・放送・データ配信などをすることは、固くお断り致します。
※乱丁本・落丁本はお取り替え致します。左記カスタマーサポートセンターまでご連絡ください。
※定価はカバーに表示してあります。

【オーバーラップ　カスタマーサポート】
電話　03-6219-0850
受付時間　10時～18時（土日祝日をのぞく）

作品のご感想、ファンレターをお待ちしています

あて先：〒141-0031　東京都品川区西五反田8-1-5 五反田光和ビル4階　ライトノベル編集部
「鬼ノ城ミヤ」先生係／「片桐」先生係

スマホ、PCからWEBアンケートにご協力ください

アンケートにご協力いただいた方には、下記スペシャルコンテンツをプレゼントします。
★本書イラストの「無料壁紙」　★毎月10名様に抽選で「図書カード（1000円分）」

公式HPもしくは左記の二次元バーコードまたはURLよりアクセスしてください。
▶ **https://over-lap.co.jp/824008909**
※スマートフォンとPCからのアクセスにのみ対応しております。
※サイトへのアクセスや登録時に発生する通信費等はご負担ください。

オーバーラップノベルス公式HP ▶ **https://over-lap.co.jp/lnv/**

第12回オーバーラップ文庫大賞
原稿募集中！

イラスト：片桐

これは、世界を変える魔法（ものがたり）

【賞金】
大賞…300万円
（3巻刊行確約+コミカライズ確約）
金賞……100万円
（3巻刊行確約）
銀賞……30万円
（2巻刊行確約）
佳作……10万円

【締め切り】
第1ターン　2024年6月末日
第2ターン　2024年12月末日

各ターンの締め切り後4ヶ月以内に佳作を発表。
通期で佳作に選出された作品の中から、「大賞」、「金賞」、「銀賞」を選出します。

投稿はオンラインで！　結果も評価シートもサイトをチェック！

https://over-lap.co.jp/bunko/award/
〈オーバーラップ文庫大賞オンライン〉

※最新情報および応募詳細については上記サイトをご覧ください。
※紙での応募受付は行っておりません。